KB164160

사뮈엘 베케트

Samuel Beckett, 1906–89

사뮈엘 베케트는 1906년 4월 13일 아일랜드 더블린 남쪽 폭스록에서 유복한
신교도 가정의 차남으로 태어났다. 더블린의 트리니티 대학교에서 프랑스
문학과 이탈리아문학을 공부하고 단테와 데카르트에 심취했던 베케트는 졸업 후
1920년대 후반 파리 고등 사범학교 영어 강사로 일하게 된다. 당시 파리에 머물고
있었던 제임스 조이스에게 큰 영향을 받은 그는 조이스의 『피네건의 경야』에 대한
비평문을 공식적인 첫 글로 발표하고, 1930년 첫 시집 『호로스코프』를, 1931년
비평집 『프루스트』를 펴낸다. 이어 트리니티 대학교에서 프랑스어를 가르치게
되지만 곧 그만두고, 1930년대 초 첫 장편소설 『그저 그런 여인들에 대한 꿈』(사후
출간)을 쓰고, 1934년 첫 단편집 『발길질보다 따끔함』을, 1935년 시집 『에코의
뼈들 그리고 다른 침전물들』을, 1938년 장편소설 『머피』를 출간하며 작가로서
발판을 다진다. 1937년 파리에 정착한 그는 제2차 세계대전 중 레지스탕스로
활약하며 프랑스에서 전쟁을 치르고, 1946년 봄 프랑스어로 글을 쓰기 시작한 후
1989년 숨을 거둘 때까지 수십 편의 시, 소설, 희곡, 비평을 프랑스어와 영어로
번갈아가며 쓰는 동시에 자신의 작품 대부분을 스스로 번역해낸다. 전쟁 중 집필한
장편소설 『와트』에 뒤이어 쓴 초기 소설 3부작 『몰로이』, 『말론 죽다』, 『이름
붙일 수 없는 자』가 1951년부터 1953년까지 프랑스 미뉘 출판사에서 출간되고,
1952년 역시 미뉘에서 출간된 희곡 『고도를 기다리며』가 파리, 베를린, 런던, 뉴욕
등에서 수차례 공연되고 여러 언어로 출판되며 명성을 얻게 된 베케트는 1961년
보르헤스와 공동으로 국제 출판인상을 받고, 1969년 노벨 문학상을 수상한다.
희곡뿐 아니라 라디오극과 텔레비전극 및 시나리오를 집필하고 직접 연출하기도
했던 그는 당대의 연출가, 배우, 미술가, 음악가 들과 지속적으로 교류하며 평생
실험적인 작품 활동에 전념했다. 1989년 12월 22일 파리에서 숨을 거뒀고,
몽파르나스 묘지에 묻혔다.

ECHO'S BONES AND OTHER PRECIPITATES

WHOROSCOPE

POÈMES *SUIVI DE* MIRLITONNADES

by Samuel Beckett

사뮈엘 베케트

김예령 옮김

에코의 뼈들 그리고 다른 침전물들
호로스코프 외
시들, 풀피리 노래들

wo
rk
———
ro
om

일러두기

1. 이 책의 번역 저본과 참조서는 다음과 같다.

저본

사뮈엘 베케트(Samuel Beckett), 『시 선집(Selected Poems 1930–1989)』,
데이비드 휘틀리(David Wheatley) 편집, 런던, 페이버 앤드 페이버(Faber and
Faber), 2009. (이하 SBSP)

_____,『시 전집(Collected Poems)』, 숀 롤러(Seán Lawlor) · 존 필링(John
Pilling) 편집, 페이버, 2012. (이하 SBCP)

_____,『시들 / 풀피리 노래들(Poèmes *suivi de* mirlitonnades)』, 파리,
미뉘 출판사(Les Éditions de Minuit), 2014.

참조

사뮈엘 베케트,『에코의 뼈들 그리고 다른 침전물들(Les Os d'Écho et autres
précipités)』, 에디트 푸르니에(Edith Fournier) 옮김, 미뉘, 2002. (이하 OEEF)

_____,『운세 따위는 꺼져버려라 그리고 다른 시들(Peste soit de
l'horoscope et autres poèmes)』, 에디트 푸르니에 옮김, 미뉘, 2012. (이하 PHEF)

2. 이 책에 실린 시들 중『에코의 뼈들 그리고 다른 침전물들』과『호로스코프
외』는 영어로,『시들, 풀피리 노래들』은 프랑스어로 대부분 집필되었다.
3.「호로스코프」본문의 주는 저자가, 그 외의 주는 역자가 작성했다.
4. 원문에서 강조하기 위해 사용한 이탤릭체는 방점을 찍어 구분했고, 일반명사 중
첫 글자가 대문자로 표기된 단어는 굵게 표기했다.

차례

에코의 뼈들 그리고 다른 침전물들

독수리

제 허기를 끌고 하늘을 가로지른다
하늘과 땅의 뼈대 나의 두개골 속을

엎딘 자들을 덮치러 내려온다
이내 삶을 걷어들고 걸어야 할 그들을

놈을 조롱하는 것은 한 조각 살
허기 하늘 땅이 내장이 되기 전까지는 무용할

(1935?)

에뉴에치 I

발작 속에 밖으로 나오다
사랑하는 이의 붉은 각혈에 지쳐
포르토벨로 사설 병원으로부터
그곳의 비밀스러운 일들로부터
5　아찔하게 가파른 다리 밀려드는 물의 마루를 향해 허덕허덕
표지판의 비명 아래 하염없이 내려와
표지판의 빛나고 뻣뻣한 깃발을 돌아
검은 서편으로
구름에 질식하며.

10　맨션들 너머로 백단향들
산들
침울하게도 내 머리통은
엉기는 분노는
바람의 칼에 높다랗게 꿰이고 목 졸리어
15　제 벌을 마다하는 개처럼 물어뜯는다.

이제 허물어진 두 발로 빠르게 굴러 내려
검푸른 운하에 다다르니, 거기,
파넬 브리지엔 다 죽어가는 바지선 한 척
못과 판자를 실어 나르며
20　수문의 거품 승원 속에 조용히 넘실거리고
건너편 강둑엔 한 떼의 부랑자들 아마도 기둥을 수리하나.

이어 몇 마일은 오직 바람과
굼실대며 따라오는 물 위의 주름들과
모조 평원을 지나 산자락에 이를 때까지
25　남쪽으로 길을 트는 세상과
온통 너저분한 초록이 되어
밤의 곰팡이 위로 거름을 쏟는 사산된 저녁과

바람 속에 망가져
없던 일이 되고 만 마음뿐.

30 물을 튀기며 작고 쇠잔한 한 노인을 앞질렀는데,
데모크리토스,
목발과 지팡이 틈에서 갈 길 허우적대는
무섭도록 뾰족하게 치켜진 잘린 다리, 궁둥이 아래 새의 발톱
같고, 그는 담배를 빤다.
이어 왼편의 들판이 느닷없이 이글거리며
35 외침과 다급한 휘파람과 진홍과 파랑의 스웨터들로 불타올라
나는 가던 걸음 멈추고 강둑에 올라 벌어지는 게임을 본다.
철책 입구에서 조바심에 차 내게 외치는 한 아이:
"우리는 들어갈 수 있을까요 아저씨?"
나는 말했지, "물론이고말고, 넌 들어가게 될 거다."
40 그러나, 겁에 질려, 아이는 다시 길로 내려간다.
나는 아이에게 대고 외치길, "이런, 어째서 너는 들어가려 하지
않지?"
"오", 다 안다는 듯 말하는 아이,
"이 들판엔 예전에 이미 와봤고 전 쫓겨났어요."
그리하여 다시 계속되는 길,
45 버려져서,
마치 어두워진 산속 불타오르는 가시금작화 덤불로부터,
또는 수마트라섬의 여전히 노골적인 라플레시아,
정글의 처녀막으로부터 멀어지듯이.

그다음 일:
50 우글우글 벌레 들끓는 구차한 잿빛 암탉 떼,
부들부들 떨며, 반쯤 자며, 닫힌 헛간 문에 기댄 채,
쉴 곳 없이,
물 잠긴 들판에서 죽어간다.
녹색 도는 검정빛,
55 거대한 독버섯 곤죽이

뒤따라오며 녹아내리고,

역병의 잉크처럼 하늘의 넝마를 물들이고,

내 머리통 속 바람은 악취로 진동하게 된,

물…

60   그다음 일:

폭스 앤드 기스 구에서 차펠리조드로 내려가는 언덕 위

도로로 추방된, 심술궂은 작은 염소 한 마리,

제가 속한 들판의 철책을 어렴풋이 괴롭히고, 이어,

이졸데 상점, 땀에 절어 법석대는 영웅들은

65   주말 나들이 옷차림,

저 위 킬마인햄에서 하키 선수들을 구경한 후

원 파인트의 네펜테를, 몰리를, 혹은 그 둘의 반반을 위해

   허겁지겁 몰려든다.

리피 강의 수렁 속 불운한 황색의 얼룩들, 거기

난간에 매달린 사다리들 그 손가락들,

70   간청해 대고, 이어,

하수구의 회색 토악질 속엔 방심 모르는 갈매기들의 질펀한 진창.

아 깃발이여

존재하지 않는

대양들의 비단과 북극의 꽃들 위로

75   피 흘리는 살덩이의 깃발이여.

(1930-1)

세상 세상 세상 세상
저 얼굴 무덤
저녁 위로 피어나는 구름

죽어가는 자들에 대해서는 그 어떤 말도 삼가되 다만

5 그리고 소심하게 뭉개지는 얼굴
하늘을 어두이기엔 너무 늦었지
붉게 상기되며 저녁 속으로 지워지네
과오처럼 진저리 치며 지워지네

베로니카 문디
10 베로니카 문다
예수의 사랑으로 우리를 닦아주오

유다처럼 땀 흘리니
단말마에 지쳐
경찰에 지쳐
15 두 발은 마멀레이드
비 오듯 땀이 흐르니
심장은 마멀레이드
흡연을 그보다는 과일을
회의장 밖에서 부서지는
20 이 늙은 심장 늙은 심장
하 천만에 내 그대에게 장담한다네

오코넬 브릿지에 누워
휘둥그런 눈으로 바라보는 저녁의 튤립들
녹색의 튤립들
25 지척에서 빛나니 마치

기네스 바지선 위 탄저병처럼 빛나니

얼비치는 저 얼굴
하늘을 밝히기엔 너무 늦었지
천만에 천만에 내 그대에게 장담한다네

(1931)

알바

아침이 오기 전 너는 이곳에 있으리
단테와 로고스 모든 지층과 비밀 들은
또 낙인찍힌 달은
아침이 오기 전 네가 여기 세울
음악의 흰 평면 그 너머에

        낮게 온아하게 노래하는 비단아
        검게 빛나는 빈랑의 하늘을 굽어보라
        대나무 위 빗물 연기의 꽃송이 버드나무 골목길

네가 연민의 손가락으로 몸을 숙여
먼지 위에 적는다 한들
너의 너그러움이 더해질까
네 아름다움은 내 앞에 놓인 한 장 시트일 뿐
상징들의 폭풍을 가로질러 그것 스스로의 선언이 그어질 때
태양도 벗겨지는 베일도
아무런 주인도 없다
오직 나 그리고 이 시트만이
그리고 대용량의 죽음이

(1931)

도르트문터

호메로스의 황혼이라는 마술 속으로
성소의 붉은 첨탑이 접어든 후
나는 무용지물 그녀는 위풍당당한 거구
보랏빛 등불 유곽 여주인의 가녀린 고쟁 가락을 향해 서두르지.
5 그녀는 내 앞 빛나는 좌판에 자리 잡아
비취의 가는 살들을 지탱하니
흉터 속에 잠잠한 순수의 표식
동녘의 변격이 긴 밤의 악구를 풀어버릴 때까지
눈 저 검은 두 눈.
10 이윽고 한 장 두루마리처럼, 접히며,
소멸이라는 그녀의 영광이
나, 이 하박국, 모든 죄인들의 위탁자 속으로 퍼진다.
쇼펜하우어는 죽었고, 연리의 여주인은
제 류트를 치우네.

(1932)

농루 I

기나긴 길 내내 감미로운 소나기 퍼붓는 이 하루 포트레인 해안을
    따라
도너베이트 터베이 교구의 슬픈 백조들로 이어 스워즈를 향해
삼단 기어로 쿵쾅대며 달리기 소나타형식처럼
안장 위 타달대는 고환 그 뒤로 검은 근심을 태운 기사처럼
5   변속기를 빻으며 포크에서 갈라져 나오는 보티첼리
출혈하는 배뇨하는 바퀴들 이만 하이웨이를 끝장내고
천국이 송두리째 괄약근 속에
저 괄약근 속에

지긋지긋지긋지긋지긋지긋하군 이제는
10   이제는 산책자들을 뚫고
이 믿음직한 올-스틸 이 수퍼-리얼을 텅텅 부딪히며
착한 소년처럼 집으로 간다
뽕 소리와 함께 낙엽송들의 녹색과 함께 내가 태어났던 곳으로
아 돌아가다니 이제 양막 속으로 아무런 신뢰 없이
15   손가락도 없이 망가진 사랑도 없이
그런데도 전력으로 질주하지 자전거를 움켜잡지
부풀어 오르는 매력적인 적령기 수의에 감긴 난파선
양막 없이 술기운에 기대서 허리에 남루를 조인 채 모자 없이
엄마와 아빠와 치킨과 햄을 위해
20   그건 또 따뜻한 **무덤**이기도, 말은 솔직히 하자
행복한 날들아 줄기를 꺾어라 눈물을 흘리렴
이날 배신한 유다의 수요일 일곱 곱하기 오 년 전
오 낙엽송들아 고통은 코르크 마개처럼 뽑혀 나왔다
귀두를 하루 휴가 낸 그는 산 넘고 골짜기 건너며
25   리버풀 런던 앤드 글로브 보험사의 덩치 큰 아첨꾼과 어울리다
그림자들이 길어지고 플라타너스들이 흐느끼는 무렵 돌아왔지
오동포동한 오 기운찬 사내 아기인 내게로
샴페인 담긴 양동이들 분만은 목 타는 일이라

산파를 위해 그는 불콰하니 유혈로 물들고
30 자랑스러운 어머니를 위해 대량의 기쁨을 들이키고
발병 난 아카테스를 위해서도 또한 제 즐거움을 헐떡이며
탄산이 보글거리는 초유는 나를 위한 것인데
이제 난 지쳐 머리털이 가라앉고 잇몸이 가라앉고 가라앉으며
    집으로
잠깐의 방탕 뒤 인생의 절정기에 이제는 참하디참하여
35 아무럼 게다가 상냥하지
선악을 넘어 상냥하고 세련되었지
아무런 원한 없이 나의 때를 기다리니 이 점 당신은 장담해도
    되리라
완전 넋 나가고 반은 뒤틀려 이들 목신과 현명한 님프 들의
    비웃음을 간청하며
바짓단 한 끝일랑 남색자처럼 집어 고정하고
40 와일드우드바인 한 개비 뒤쪽으로 터질 듯한 오줌을 참으며
더러운 우비를 죽어라 죄어 묶고
자랑스러운 스위프트를 내팽개치고 슈트르머들의 너울에
    가슴으로 맞선 채
나는 마침내 본동사를 본다
홀로 직접목적격으로 떠오르는 그녀를
45 사랑하기 위해 나는 안장에서 내렸었지
물의 얼굴 위로 나를 향해 미끄러지듯 다가오는 불굴의 무희
낡은 검정과 홍학 분홍의 차림 속 불굴의 욕망의 딸아
꺼져버리렴 이제 6번을 7번을 8번을 아니면 꼬마 단층 버스를 타
버스를 타라 내가 알게 뭐람 걸어가 공짜로 태워달라고 구걸해봐
50 홀리스 가의 니 집 네 그물의 속대를 향해 가버려
그러나 각기 집으로 가는 두 갈래 길 차비를 함께 내는 저
    호랑이는
우리의 마음속에서 영원히 미소를 거두지 않기를

(1933)

농루 2

행복의 나라가 있었네
무프타르 거리에
아메리칸 바
거기엔 붉은 알들이 있었고
5   내게는 더러운, 이렇게 지껄이겠어, ㅊ질이 있다
탕에서 돌아오는 길
스팀 딜라이트 셔벗
늙은 말라깽이들의 우수
냄새 고약한 내 낡은 슈트 속 헐렁하니
10   비틀대며 행복한 몸
퓌비 쪽으로 튤립들의 태형을 향해 휘청거리며 기어오르니
갈겨라 황색 튤립들로 나를 후려쳐 그럼 내려주마
악취 진동하는 내 낡은 바지를
내 사랑 그녀가 포켓들을 꿰매주었네 얼라이브 더 라이브-오
그녀가 그랬다니까 그게 더 낫다고 그녀가 그랬다니까
15   하여 갈색 누더기 안쪽 한 점 오점 없이
프레스코화를 향해 활강하여 물들인 알들과 가죽끈 달린
방울들의 협만을 트며
당신도 알다시피 나는 갈보집 속으로 사라지지
게서 포주들은 당구를 치고 목 터져라 점수를 외쳐댄다
바의 여급은 막강한 엉덩이로 깊은 인상을 자아내지
20   단테와 지복의 베아트리체가 거기 있네
비타 누오바에 앞서
공들은 튕겨 나가고 친구여 어째 운이 없군
그라시외즈는 그 자리에 벨벨은 마구 새고
장화 신은 페르시네 그의 코발트색 처진 턱살
25   그들은 게걸게걸 서로의 목을 빨아주는 중
빨아서 변심하면 그건 빤 게 아니란다
오호 알리기에리는 그 모든 것에 안녕 또 보자며 자리를 떴고
나는 원통함에 킬킬대며 완전히 뻗어버린다

들어들 보시게나

30 술집 위로 감도는 한 줄기 무시무시한 침묵을
마담 드 라 모트는 오싹하며 전율하네
전율이 흐르네 그것이 그녀의 비곗살을 따라 퍼져 내리네
그 엄청난 엉덩이가 부글거리며 정적 속으로
빨리빨리, 수상쩍은 멈보점보를 위해 팔매질을 몽둥이찜질을
35 주주주주죽은 황소들이 산 여자들을 덮치네
최신 유행인 쓰린 달 아래 볼기 치기
발바닥 매질용 대나무 곤장을 그녀가 되찾기 전에 오 수비토
        수비토
오 베키여 봐주시옵소서 나는 그대에게 잘못한 게 도통 없나니
        봐주시옵소서 빌어먹을 님아
좀 봐주시옵소서 착한 베키여
40 가느다란 살모사들은 철수시켜 주시옵소서 베키여 님의 손해는
        고스란히 보상하겠나이다
주님은 긍휼히 여기소서
그리스도는 우리를 긍휼히 여기소서

주님은 우리를 긍휼히 여기소서

(1932?)

세레나 I

웅장하고 오래된 대영박물관을 벗어나
탈레스와 아레티노
리젠츠 파크의 가슴 위로 펼쳐진 꽃잔디
천둥 아래 타닥거리고
5   우리들 세계의 진홍색 아름다움 떠내려가는 죽은 물고기
짓눌려 피 흘리며
신들로 가득한 모든 것
한 마리 멋쟁이새가 귤색, 남미수리는 그에 대한 관심을 끊었고
콘도르도 제 벌레 먹은 목도리나 두른 채 별다를 바 없어
10   그들은 원숭이 동산 건너 코끼리 떼를 노려본다
아일랜드여
빛은 그들의 오랜 고향 협곡을 기어 내려와
나를 따로 떼어 빨아들이네 저 늙고 충직한
드릴개코원숭이 조지의 불타는 엉덩이 쪽으로
15   아 길 건너편 한 마리 살모사
제 몫의 쥐를 잡아 끌어내니
뜨거운 뱃속의 아우성 휘황찬란한 연동운동 속
눈처럼 희고
줄질하듯 면밀한 수고

20   아 아버지 하늘에 계신 아버지

나는 프림로즈 힐에서 내려다보다 문득 깨닫는다
크리스털 팰러스를 블레스드 아일즈로 착각하는 나를
어쩌랴 필경 나는 이런 종류의 사람
그런 연유로 켄 우드에서는
25   아무도 다만 가장 멀리까지 쫓겨 온 연인들이 전부인
잡목 숲 한가운데 숨죽인 나 자신을 발견하게 되리라

나는 타워브리지를 향해 경첩을 꺾으며 인사하는

배들의 무수한 금속 굴뚝들에
독종이 **시티**에 **시티**가 독종에 보내는 큰절에 감동하는 나 자신에
　　놀란다
30　해 질 녘의 바지선 한 대
자부심으로 눈멀어
도개교들의 스카프를 내버리고
이어 구급차 정거장의 회색 화물창 안
한숨의 썰물 끝자락에 올라 두근댈 때까지
35　다음 나는 나 자신을 끌어안고 건달들 사이로 내려간다
어느 부랑아가 제기랄 그 거무죽죽한 눈초리로
이보쇼 그 『미러』지는 다 읽은 건가 물어올 때까지
나는 몹시 분개하여 발을 구르며 매리드 멘스 쿼터를 따라 떠난다
블러디 타워
40　그리고 전속력으로 멀어져 렌의 거대한 협박 기둥을 빙빙 돌아
　　오른다
그리고 전망대에 갇혀 온 숨을 헐떡이며 날을 저주해
너울너울 빛나는 저 단지 아래서
나는 디포로 태어나지 않았지

그게 아니라 켄 우드에서
45　거기서 나를 발견하게 될 사람으로

나의 형제 파리
흔해빠진 집파리가
엉거주춤 어둠에서 나와 빛 쪽으로
양지바른 제 자리에 매달리네
50　다리 여섯을 한껏 돋궈
제 날개들을 저의 평균곤들을 십분 즐기네
때는 녀석 생의 가을
저것은 장티푸스와 맘몬을 섬기지 못하였나니

(1932)

세레나 2

간헐적으로 경련하는 이 지구

시-소, 개는 흐릿한 잠에 들어
피둥피둥 반쯤은 죽었고 나머지는 관성으로 도는 중
검고 거친 털을 갈라봐 살가죽은
5   회청색
숲속에서 으르렁거려라 울부짖어라 새들을 온통 깨워
고사리 덤불에서 저 잡것들을 몰아내
덤불 안에서 요동치다
매에 풀기 없이 푸념하며 피투성이가 되는 이런 멍청한 황혼
10   이 숙취에 전 고요
저것의 염통을 잡아 뜯어라

개는 꿈속에서 또다시 몸을 떤다
어두운 옛날로 되돌아가 숨을 헐떡거리며
코네마라 열두 봉우리의 발톱 새에서 제 시간의 압박 속에서
15   꼴사나운 암캐는 온몸을 비틀며 스스로 죽어간다고 생각한다
빛은 약해지고 지금은 누울 시간
클루 베이는 노란 꽃들의 수반
성 패트릭 산이 시들시들 힌두교도로 이울며 순례자를 괴롭히려
     들고
개는 채비를 마쳤다 개는 아예 드러누웠네
20   어기야디야 강건한 백조들의 신호와 함께
이제 이 화관 두른 안식일의 저녁을 힘껏 당겨
불운의 땅 제 삼단 같은 암초의 바깥으로 끌어내는 모든 영광의
     섬들 위에
늪지의 구덩이에서 개는 새끼를 낳고
블랙소드 베이의 고래들이 춤추고
25   아스포델 꽃들은 한달음에 깃발들을 뒤따르니
개는 생각한다 제가 죽어간다고 저는 수치스럽다고

그녀는 나를 폭포 쪽으로 데려갔었다
거기서 무슨 어린 시절의 지시문처럼,
언덕들 틈 사이로 빛나는 미스 계곡을 바라보아라
30 결코 번복할 수 없을 무리 지은 낙엽송들을
바다로 도망치는 선로들과 개울들의 궤멸을
첨탑들의 유치원을 그다음엔 항만을 마치
제 가슴을 가리며 가버리는 여자처럼
나를 남겨둔

35 두려움에 대해 얼마만큼의 신뢰를 품고 떠났든
우리는 그에 못지않은 상태로 돌아오게 되리라
한 남자와 그의 개 사이에 두려움의 상실이란 없으리니
설령 그게 암캐라 할지라도

돌무덤의 주둥이를 틀어막는
40 젖은 처치맨 담뱃갑
이건 꿈보다 더 나빠
저 경박하고 너저분한 암컷의 흥분은 누그러질 줄 모른다
간헐적으로 경련하는 이 지구
뒤흔들리며 초점을 벗어나는 이 모든 환영들
45 눈을 감은들 무슨 소용이랴
지구의 전 화음이 여자 피아니스트의 그것처럼 산산조각 나고
두꺼비들은 다시금 기어 나와 구역을 돌다
쭈뺏쭈뺏 저희들의 덫을 향해 다가가는데
미스의 요정 이야기는 끝났단다
50 그러니 이제 네 기도를 올리고 잠자리에 들거라
낙엽송 뒤편 가로등들이 노래를 시작하기 전에 너의 기도를
여기 이 돌의 무릎 앞에서
그러곤 뼈들 위로 작별의 잠 인사를 건네렴

(1932)

26

세레나 3

미(美)의 이 S자형 후크를 이 팔레트 위에 고정해라
그것이 최종태일지 넌 결코 알 수 없을 터

혹은 그녀를 떠나라 그녀는 낙원이며 따라서
네 안구를 덮은 플러시 천 처녀막

5 혹은 부트 브리지에서 얼굴을 붉혀라 부끄러움에
저 유방들의 혼성 격변화에
그대의 달을 곧추세워라 여위도록 다만 여위어가도록
높이 높이 높이 저녁 별을 향해
미저리 힐의 신종 카네이션
10 대형 가스탱크를 보고 넋을 잃어라
조그만 보랏빛
교회당을 보고 넋을 잃어라
뭐랄까 마리아의 심장이랄까
절대 만나지 못할 불과 풀벡 두 등대
15 이 세상에서는 결코

아니면 해롱대는 풍경을 뚫고 쏜살같이 달리지 그래
빅토리아 브리지 위로 확 내달려 그래 그거야
링센드 로드는 천천히 내려가 살금살금 내려가
아이리시타운 샌디마운트 수수께끼는 이것, 헬 파이어를 찾아라
20 시그마 자 무수히 아로새겨진 메리언 저지대
예수그리스도 하나님의 독생자 구세주 그의 손가락
옷 벗다 들키는 여자들 그래 그거야
부터스그라드 방파제 위에서 방귀 뀌고 오줌을 눠
파도가 회갈색 갈매기들을 겁주고
25 모래밭이 네 뜨거운 심장 속에서 점점 더 빨리 돌아
거기 **바위**에 숨으려 하지 마라 계속 움직여
멈추지 마   (1934)

말라코다

그는 세 번에 걸쳐 방문했다
방패꼴 중절모 아래 냉정한
장의사의 고용인

견적 내러
5   견적 내자고 보수 받는 그 아닌가
현관에 들어선 이 부패하지 않는 자
백합 더미에 무릎까지 파묻힌 이 말레브랑케
백합 더미에 무릎까지 파묻힌 말라코다
모든 전문적 외경의 의례를 위해 말라코다는
10   그의 삶을 가리고 제 신호음 세기를 줄인다
무거운 공기 사이로 한숨을 내쉬며
이래야 하는가 이래야 한다 이렇게 되어야 한다
상 당한 부인을 찾아와라 그녀를 정원으로 이끌어라
듣는 건 된다마는 볼 필요는 없지 그녀는

15   입관하러
갈라진 악마 발굽의 보조와 더불어
상 당한 부인을 찾아와라 그녀의 주의를 온통 끌어라
듣는 건 해야 한다 볼 필요는 없지 그녀는

관 뚜껑을 덮으러
20   확실하게 덮어라 전면적으로 가려라
당신의 방패를 내가 잡아드림세 당신의 유황불을
신성한 삼복더위 적절히 고정된 기압계
가만 있어 스카르밀리오네 멈추라고 멈춰
이 하위쉼을 관 위에 올려놓아라
25   영정을 마음에 담아라 저것이 그다
들어야 한다 보아야 한다 그녀는
전원 승차할 것, 영혼이란 영혼은 전부 다

조기를 게양할 것, 아무렴 그렇다마다

아니 아니오

(1933-5)

이어 날이 밝았으니

이 대리 이별 인사는 도로 물러주오
시트는 당신 손에서 물로 흘러 풀려
육지에는 더 이상 미련이 없는 이여
당신 눈 위 거울엔 김이 서리지 않고

(1933-5)

에코의 뼈들

내 발소리 아래 은둔처 오늘 하루 다 가도록
살이 떨어질수록 숨 죽어드는 그것들의 소란
두려움 없이 혹은 편애 없이 방귀를 뀌어대며
의미와 무의미의 태형 뭇매 속을 달음질치며
구더기들에게 구더기로 여겨지며 보내는

(1932)

『에코의 뼈들 그리고 다른 침전물들
(Echo's Bones and Other Precipitates)』

1934년, 파리에서 영세한 규모의 유로파 출판사(Europa Press)를
운영하던 아일랜드 출신 시인 조지 리비(George Reavey, 1907–
76)는 당시 여러 가지로 좌절을 겪고 있던 베케트에게 자비로
시를 출판해볼 것을 제안했다. 베케트는 1928년에서 1935년
초 사이에 쓴 시들에서 가려 뽑은 열세 편을 세심히 손봐서
리비에게 보냈다(한 편을 제외하면 모두 미발표작). 애초에는
'시들[Poems]'이라는 수수한 제호하에 총 스물일곱 편의 시를
내고 싶어 했다 한다. 이렇듯 최종 열세 편으로 규모가 줄어든
까닭을 두고 롤러와 필링은 (만만치 않은 비용이나 베케트 자신의
까다로운 감식안 탓도 있었겠지만) 무엇보다도 긴 시간에 걸쳐
간헐적으로 쓴 시들에 한번에 쓰인 듯 일관된 인상과 유기적
구조를 부여하고자 하는 시인의 의도가 그처럼 엄격한 선별을
가져왔으리라고 추측한다. 『에코의 뼈들 그리고 다른 침전물들』은
1935년 12월에 출간됐다.

    시집의 전체 제목을 이루면서 마지막 시의 제명이기도
한 '에코의 뼈들' 모티프는 오비디우스의 『변신 이야기』에서
가져온 것이다. 잘 알려진 대로, 숲과 샘의 님프인 에코는 어느
날 우연히 나르키소스를 보고 한눈에 반했으나, 이 미소년은
그녀에게 철저히 냉담했다. 에코는 나르키소스의 업신여김에 큰
수치심을 느껴 얼굴을 가리고 숲으로 가 숨어 살았다. 이루어지지
못한 사랑과 고독, 근심으로 인해 님프의 아름다운 용모는
나날이 황폐해졌고, 몸의 모든 것이 공기 중에 흩어져 마침내
남은 것이라곤 목소리와 뼈뿐이었다. 이 뼈들은 마치 돌처럼
보였고, 하여 숲 어디에서도 그 모습을 본 사람은 없었으며, 다만
목소리만이 남아 그녀의 살아 있는 부분을 일깨울 뿐이었다는
것이 이야기의 끝이다.

    '침전물들'로 옮긴 베케트의 원어는 "precipitates". 화학에서의
석출 작용과도 결부된다. 베케트의 친구이자 연구자, 프랑스어
판본 번역자인 에디트 푸르니에(Edith Fournier)는 따라서 이

용어가, 단순히 어떤 액체 속에 엉겨 가라앉은 앙금이 아니라, 화학자가 촉발 작용을 가한 덕에 비로소 용매에 섞여 상실되었던 제 존재를 되찾게 된 물질을 가리킨다는 견해를 덧붙인다(OEEF, 8면 참조). 고증적 측면에서는 당시 베케트가 읽은 J. G. 로버트슨(John George Robertson)의 『독일 문학사(A History of German Literature)』(1931년 개정판) 한 대목의 역할이 거론되기도 한다. 이 책 중 괴테의 1777년 겨울 하르츠산 여행이 그의 시 「겨울 하르츠 여행(Harzreise im Winter)」에 "시적인 침전물을 남겼다(left its poetic precipitate)"는 구절이 베케트에게 간접적으로 영향을 주었다는 것이다(SBCP, 259면 참조).

◆ 「독수리(The Vulture)」
주제상 『에코의 뼈들 그리고 다른 침전물들』의 첫자리에 놓이게 된 「독수리」는 열세 편 중 가장 나중에 완성되었다고 알려져 있다. 이 작품에 강한 영향을 준 것은 괴테의 1777년 시 「겨울 하르츠 여행」이다. 베케트는 마리아 졸라스에게 보낸 1958년 4월 16일 자 편지에 "영원히 내 머릿속에 있는 [그 시의 첫] 다섯 줄(Five lines, for ever in my head)"이라고 적었다(SBCP, 261면 참조). 「겨울 하르츠 여행」에서 괴테는 머릿속에 노래의 영감이 떠오르려는 순간을 지상의 먹이 위를 아슬아슬하게 맴도는 매에 비유하면서 시를 연다. 「독수리」는 이 주제의 베케트식 변용이라 하겠다.

4행: 「마태복음」 9장 6절 참조. 들것에 실려 온 중풍 환자에게 예수는 이렇게 이른다. "일어나 네 침상을 가지고 집으로 가라."

◆ 「에뉘에치 1(Enueg I)」
더블린 대운하의 포토벨로 다리에서 출발해서 기슭을 따라 인근 폭스 앤드 기스 지역까지 갔다가, 방향을 교외로 바꿔 리피강 위 차펠리조드 마을까지 이르는 긴 산책이 이 시의 공간을 이룬다. 차펠리조드는 조이스의 『피네건의 경야(Finnegans Wake)』 배경이면서 아일랜드 신화에서 이졸데가 묻혔다고 전해지는 곳이기도 하다.

'에뉘에치(enueg)'는 중세 프랑스 프로방스 지방의 음유시인(troubadour)들이 부르던 노래 형식의 하나. 단어 'enueg'는 표준어의 'ennui(권태, 골칫거리, 지루함)'에 상응하는 지방어(오크어[langue d'oc])로, 그 뜻은 권태보다 강해서 비통, 탄식, 항의 섞인 불평 등을 의미한다. '한탄가', '탄식의 노래' 정도로 옮길 수 있을 이 옛 시 형식은 각종 한탄이나 격렬한 비애의 내용들을 '그리고', '이어', '그다음', 그리하여' 등의 연결사를 이용해 길고도 불연속적으로 나열하는 특징을 지닌다. 어조는 흔히 풍자적이다. 푸르니에는 베케트의 에뉘에치가 풍자보다는 비탄에 기울어져 있다는 점에서 만가체(挽歌體)의 또 다른 프로방스 노래 형식인 '플라뉘(planh)'의 특징도 지닌다고 지적한다(OEEF, 43면). 베케트는 장 베크(Jean Beck)의 『음유시인들의 음악(La Musique des troubadours)』을 통해 이 중세 시들을 접한 것으로 확인된다(SBCP, 265면 참조).

1행: "밖으로 나오다"가 원문에서는 문두에 라틴어 "Exeo"로 표기되어 있다.

2행: 당시에는 결핵으로 목숨을 잃는 일이 빈번했다. 베케트의 첫사랑이었던 그의 사촌 누이 페기 싱클레어(Peggy Sinclair) 역시 1933년 5월 독일에서 결핵으로 사망했다.

47행: 라플레시아는 말레이반도가 원산지인 기생식물. 뿌리가 없고 거대한 꽃이 핀다.

67행: 네펜테(nepenthe)는 그리스신화에 등장하는, 고통이나 우울, 분노를 잊게 하는 마법의 음료. 몰리(moly)는 헤르메스가 마녀 키르케의 마법으로부터 율리시스를 보호하기 위해 그에게 주었다는 신화 속 식물.

68행: 이 노랑과 관련해서는, 베케트의 초기 단편 「노란색(Yellow)」(단편집 『발길질보다 따끔함[More Pricks Than Kicks]』 수록), 또는 「끝(La Fin)」의 "누런 거품(un bouillonnement jaunâtre)"(『단편들 그리고 아무것도 아닌 텍스트들[Nouvelles et Textes pour rien]』, 미뉘, 107면) 등 참조.

72-5행: 이 마지막 부분은 랭보의 산문시집 『일뤼미나시옹

(Illuminations)』 중 「야만(Barbare)」의 한 대목을 베케트가 거의 그대로 영역하여 인용한 것. 관련된 랭보의 원문은 다음과 같다. "오! 바다와 북극꽃 들의 비단 위 피 흘리는 살덩이의 깃발이여(그것들은 존재하지 않는다). (Oh! Le pavillon en viande saignante sur la soie des mers et des fleurs arctiques; [ells n'existent pas].)"(아르튀르 랭보[Arthur Rimbaud], 『전집[Œuvres complètes]』, 플레이아드 총서[Bibliothèque de la Pléiad], 갈리마르, 1972, 144면)

◆　「에뉘에치 2(Enueg II)」
이 시는 이어지는 「알바(Alba)」와 함께 열세 편 중 제일 먼저 쓰인 시들의 하나로 알려져 있다(1931년 8월).

4행: 원문은 라틴어로 "de morituris nihil nisi"라 표기됨. 스파르타의 킬론(그리스 칠현인 중 하나)이 한 말이라 추정되는 라틴 성구 "죽은 자들에 관해서는 오직 좋게 말할 수 있을 뿐이다(De mortuis nihil nisi bonum)"를 패러디하되, 문장 끝을 맺지 않았다.

9-10행: 역시 라틴어로 "veronica mundi / veronica munda"라 표기됨. 성 베로니카는 십자가를 지고 골고다를 오르는 그리스도의 얼굴을 수건으로 닦아준 예루살렘 여인. 'mundi'는 '세상의', 'munda'는 '깨끗한'. 성구 "Agnus Dei qui tollis peccata mundi(세상의 죄를 짊어진 주의 어린양)"도 연상되는 대목이다. 베케트의 성향에 잘 들어맞는 또 다른 배경으로는, 영국 왕 헨리2세의 정부였던 로저먼드(Rosamund)의 묘비에 새겨진 문구 "Hic jacet in tomba Rosa mundi, non Rosa munda(여기에 정숙한 장미는 아닌, 세계의 장미가 눕다)"를 들 수도 있다(SBCP, 268면 참조). 이 본의 아닌 익살이 성립할 수 있는 이유는 로저먼드가 창녀(whore)였기 때문.

21, 29행: "천만에"는 독일어 "doch"로, "그대에게"는 고어체의 "thee"로 표기됨.

24행: 베케트의 초기 소설에서 중요한 자리를 차지하는 두 여인 중 한 명, '스메랄디나-리마(Smeraldina-Rima)'는 녹색의 자장 안에 놓이며(스메랄디나 즉 '작은 에메랄드', 또는 베케트가 좋아했다는 물푸레나무의 연녹색), 초록빛 눈을 가진 페기 싱클레어와 연결된다. 그녀에게 드리운 죽음으로 인해 시 「에뉘에치 2」의 녹색은 모든 것이 늦어버린 저녁의 튤립 색, 암울한 회녹색에 가까워진다. 나머지 한 명은 흔히 검은색(검은 눈), 흰색, 붉은색으로 형용되는 '알바(the Alba)'다(이에 관해서는 시 「알바」의 주 참조).

◆ 「알바(Alba)」
「알바」는 「에뉘에치 2」와 함께 『에코의 뼈들 그리고 다른 침전물들』에 실린 열세 편 중 가장 먼저 쓰인 시에 속하며, 이 둘 중에서도 선행하는 작품으로 추정된다. 『더블린 매거진(Dublin Magazine)』 6호(1931년 10-12월)에 처음 발표된 데 이어 『에코의 뼈들 그리고 다른 침전물들』에 수록되었다. '새벽(aube)의 노래' 혹은 '아침의 노래(aubade)'인 '알바(alba)'는 에뉘에치처럼 프로방스 지역의 옛 노래 형식이다. 통상 동이 터 사랑하는 연인과 이별해야만 하는 슬픔을 내용으로 한다.

　전기적으로 접근하면, 이 시기의 베케트는 트리니티 대학교 강사로 일하면서(1930-2년) 학교 동료이자 의사인 에스나 매카시(Ethna MacCarthy)에게 강하게 끌렸지만, 그녀가 베케트의 친구이자 비평가인 A. J. 레븐솔(Abraham Jacob Leventhal)을 선택하면서 연애는 실패로 끝났다. 『에코의 뼈들 그리고 다른 침전물들』에서 「알바」를 위시한 시 몇 편들, 그리고 『그저 그런 여인들에 대한 꿈(Dream of Fair to Middling Women)』(1932, 사후 출간된 베케트의 첫 장편소설)에 등장하는 '알바'의 모델은 이 에스나 매카시인 것으로 여겨진다.

2-3행: 이 두 행이 암시하는 내용은 베아트리체가 단테에게 달의 반점에 대해 설명해주는 『신곡』의 한 대목(「천국」, 2곡). 『발길질보다 따끔함』 중 「단테와 바닷가재(Dante and the Lobster)」의 첫머리에서도 유사한 구절이 확인된다. "지극히

행복한 베아트리체가 거기 있었고, 단테 역시 그러했으며, 그녀는 그에게 달 위의 반점들에 관해 설명해주었다(Blissful Beatrice was there, Dante also, and she explained the spots on the moon to him)."(『발길질보다 따끔함』, 그로브 출판사[Grove Press], 1994, 5면) '로고스' 역시 「천국」 2곡에 (그 속에서 우리의 본성이 신과 어떻게 연결되어 있는지 드러나는) 신의 존재를 보려는 열망으로 표현된다.

5행: 롤러와 필링에 의하면 이 시기의 베케트에게 '음악'은 종종 사랑의 행위를 지시하는 별칭으로 사용되었다(SBCP, 271면 참조). "음악의 흰 평면" 역시 『신곡』의 「천국」에서 인용의 근거를 찾을 수 있다(단테의 귀에 들려오는 천체들의 음악, 여명의 흰 빛 등).

6-8행: 이어지는 시 「도르트문터(Dortmunder)」에서와 마찬가지로, 여기서 동양풍의 에로틱한 분위기를 자아내기 위해 동원된 것은 중국 고악기 고쟁(古箏)이다. 베케트는 루이 랄루아(Louis Laloy)가 지은 책 『중국 음악(La Musique chinoise)』에서 그에 관한 묘사를 찾았다 한다(SBCP, 272면 참조).

9-11행: 손가락으로 땅바닥에 글을 적다. 이 구절은 「요한복음」 8장 3-11절에 나오는 예수의 일화와 관련이 있다. 서기관과 바리새인 들이 예수를 시험코자 한 간음한 여인을 잡아와 어찌할까, 돌로 치랴 묻는 대목이 그것. 예수에게는 그가 어떻게 대답해도 궁지인데, 간음한 여인을 돌로 치지 말라고 하면 모세의 율법에 어긋나며, 돌로 쳐 죽이라고 하면 지배자인 로마의 법에 저촉되기 때문이다. 그런데, "예수께서 몸을 굽히사 손가락으로 땅에 쓰시니 그들이 묻기를 마지아니하는지라 이에 일어나 이르시되 너희 중에 죄 없는 자가 먼저 돌로 치라 하시고 다시 몸을 굽혀 손가락으로 땅에 쓰시니(「요한복음」 8장 7-8절)", 예수는 그때 과연 땅바닥에 무엇을 썼을까? 베케트는 종종 그 문제를 궁금해했다고 알려져 있다.

◆ 「도르트문터(Dortmunder)」
앞의 「알바」와 짝을 이루는 작품. 1932년 1월 독일 카셀에서 써서 「에뉘에치 I」과 함께 새뮤얼 퍼트넘(Samuel Putnam, 미국

태생의 출판인, 번역가)에게 보냈다는 기록이 있다. 도르트문터는
도르트문트산(産) 맥주.

I행: "호메로스의 황혼(Homer dusk)"은, 베케트의 수고
기록에 의하면, "어둠이 거리를 채울 무렵의 시간(The hour
when darkness fills the streets)"(필링이 편집한『베케트의
'꿈' 노트[Beckett's 'Dream' Notebook]』, 레딩 대학교
출판부[University of Reading], 1999, SBCP, 274면에서 재인용).

3행: "그녀는 위풍당당한 거구(she royal hulk)". 여기서
베케트가 염두에 둔 이미지는 중국의 양귀비.

8행: "변격(plagal)". 가톨릭교회의 단선율 성가(그레고리오
성가)에 고유한 선법들 중 하나. 정격보다 4도 밑에서 시작한다.

I2행: 성경 속 선지자들 중 하나. 하박국은 다른 예언자들과
달리 불평과 질문을 통해 도전적으로 신과 대화를 시도했다.

13행: 쇼펜하우어와 "dead(죽은)". 베케트는 젊은 시절
쇼펜하우어에 대한 기록을 여러 차례 남겼을 뿐 아니라 만년에도
다시 그에 대한 생각으로 되돌아왔다. 토머스 맥그리비에게
보낸 1930년 8월 5일 자 편지에 'defunctus(죽음, 죽은 자)'에
대한 쇼펜하우어의 성찰이 거론되고("쇼펜하우어의 말에
따르면 'defunctus'는 매우 아름다운 단어야—자살한 경우가
아니라는 한에서. 그가 옳았을지도 몰라.[Schopenhauer says
defunctus is very beautiful word—as long as one does not
suiside. He might be right.]", SBCP, 274-5면에서 재인용),
『프루스트』의 결미는 쇼펜하우어를 끌어와("이 땅 위에 있는
육체의 삶을 저주받은 벌과로 만들고",『프루스트』, 유예진
옮김, 워크룸 프레스, 63면) 마지막 단어를 아예 'defunctus'로
끝맺는다. 이 내용과 관련된 쇼펜하우어의 구절은 이렇다. "삶은
그로부터 벗어나야 할 벌과다. 그런 의미에서 'defunctus'는 좋은
단어다.[Das Leben ist ein Pensum zum Abarbeiten: in diesem
Sinne ist defunctus ein schöner Ausdruck.]"(『여록과 보유.
철학적 소고[Parerga Und Paralipomena. Kleine Philosophische
Schriften]』, 1851, II권, §2) 일반적으로는 'pensum'을 임무

정도로 해석할 수도 있겠으나 베케트는 라틴어 그대로 '벌과'로
이해했다. 'Sottisier(저자들의 농담이나 실수 등을 모아놓은
기록집, 우언록)'로 명명된 베케트 만년의 공책을 보면, 1979년
7월부터 1980년 12월까지 그가 쇼펜하우어의 저작들을 다시
읽으면서 집중적으로 공부한 흔적이 각종 인용과 주석, 기록을
통해 확인된다.

◆　「농루 1(Sanies I)」
이 시는 1933년 부활절 토요일(4월 15일), 오랫동안 자전거로
더블린 북부를 쏘다닌 여정의 상상적 기록으로 알려져 있다.
베케트가 맥그리비에게 보낸 1933년 5월 13일의 편지를 참조할
때 처음 제목은 'WEG DU EINZIGE!(꺼져라 너 유일한
하나여!)'였다가 나중에 바뀌었다. 농루는 물론 상처에서
흘러나오는 묽은 고름을 뜻하는 용어. 하지만 그 단어와 결부하여
베케트가 (피해야 한다고) 생각한 것은, 역시 맥그리비에게 보낸
1933년 1월 5일의 편지에 의하면, 말의 고름, 즉 어루(logorrhea)의
문제이기도 했다. 당시 베케트는 막 스물일곱 살이 되었고, 1932년
1월 트리니티 대학교를 그만두고 파리로 와서 완성한 첫 소설
『그저 그런 여인들에 대한 꿈』의 출판이 물거품으로 돌아가,
별수 없이 아일랜드 고향 집에 돌아와 있었다. 경제적 문제,
건강, 부모와의 갈등(더구나 그가 무척 사랑했던 부친 윌리엄은
이해 여름 사망하게 된다.), 이에 에스나 매카시와의 실연까지
겹친(맨 처음 계획했던 제목이 암시하는 바는 이 사건이다.)
암울한 상황에서 그가 곱씹은 생각들은 "모든 신화와 신경증의
바탕인" "두 가지 주된 트라우마(태어나는 것[birth]과 젖 떼는
것[weaning])"이었다(이상의 전기적 사실 및 베케트가 자신의
'심리학 메모[Psychology Notes]'에 기술한 내용에 관해서는
SBCP, 275면 참조).

4행: "기사"는 독일어 "Ritter"로 표기됨. "검은 근심"은 라틴어
"atra cura"로 호라티우스의 『오드(Odes)』 III권 1편에서 빌려온
표현.

40

8행: "저(the)"는 작가 자신의 강조.

9행: 원문은 독일어로 "müüüüüüüde"라 표기됨.

13행: 낙엽송의 기억은 베케트에게 자신의 유년 시절을 떠올리게 하는 대표적인 이미지 중 하나.

20행: "무덤"의 첫 자가 대문자로 표기됨(Grave).

22행: 그의 양친이 결혼한 것이 1901년 8월 31일의 토요일이었다는데, 기이하게도 당시 27세의 베케트는 이 행에서 마치 자신의 나이가 35세인 것처럼 기술했다. 그 이유는, 34행 구절 "인생의 절정기"와 묶어서 추정해볼 때, 인생을 70세로 본 단테의 영향에서 찾을 수도 있겠다. 「지옥」 I곡에서 여행을 시작하는 단테의 나이는 1300년 봄에 35세다(단테 알리기에리, 『신곡』, 김운찬 옮김, 열린책들, 2007, 7면, 주 1 참조). 단테는 예수 또한 34세에 죽은 것으로 믿었다 한다(같은 책, 172면, 주 14 참조).

24-6행: 제임스 놀슨의 지적에 의하면 베케트가 태어나던 날 실제로 "그(부친 윌리엄)"가 한 일.

31행: "아카테스(Achates)"는 베르길리우스의 서사시 『아이네이스』에 나오는 인물. 통상 '충직한 친구'를 뜻하는 표현인데, 여기서는 베케트의 집에서 기르던 케리 블루 테리어종 암캐를 가리킨다(「세레나 2」 참조).

42행: "슈트르머들(Stürmers)". 독일어로 표기됨. 일반적으로는 '공격수'라는 뜻이지만 여기서는 여자 공략가, 즉 '쉽게 여자의 환심을 살 줄 아는 남자'라는 속어적 의미로 쓰였다.

47, 50행: 에스나는 밝은 분홍색을 좋아했다고 하고, 그 무렵 국립 산부인과 병동이 있는 홀리스 가(Holles Street)에 거주했다.

51-2행: 미소 짓는 호랑이. 다소 수수께끼 같은 이 마지막 구절에 관해 푸르니에는 20세기 초반에 아일랜드에서 유행하던 리머릭(limerick, 5행짜리 속요)의 하나를 출처로 든다. 이 노래는 호랑이 한 마리와 말 타고 가며 미소 짓는 젊은 처녀가 있었는데, 그 둘이 돌아올 때 처녀는 배 속에, 그리고 호랑이의 주둥이에는 미소가 떠올라 있더라는 짓궂은 내용을 담고 있다(OEEF, 49면 참조). 어쨌거나 이 마지막 대목은 연인이 함께 누린 "어스름 속에 집으로 돌아가는 푼돈의 즐거움(The penny pleasure of homing

in the gloaming)"(베케트의 편지, SBCP, 279면 참조), 즉 차비를
모아 내(주)고 같은 집, 같은 방향으로 함께 가던 소소한 기쁨이
이제는 영원히 지난 일이 되고 말았음을 말한 것일 수 있다.

◆　「농루 2(Sanies II)」
베케트의 두 번째 파리 체류 기간, 즉 1932년 2월에서 7월
사이에 착수된 시. 무프타르 거리, 그랑 모스케, 팡테옹 등의
간접적 지표에서 알 수 있듯 앞서 파리 고등 사범학교 강사로
머물렀던 기억에(1928-9년), (「도르트문트」와 마찬가지로)
독일과 더블린에서 체험한 유곽의 테마가 중첩되었다. 베케트는
윌리엄 쿠퍼(W. M. Cooper, 본명 제임스 글래스 버트램[James
Glass Bertram])의『태형과 태형을 가하는 이들: 매질의
역사(Flagellation and the Flagellants: A History of the
Rod)』(1877)를 바탕으로 노트에 관련 주제 목록을 만들어놓았다.
「농루 2」에도 태형과 관련된 쿠퍼의 용어들(예컨대 시 끝부분에
나오는 매질의 종류들)이 다수 인용되었다(SBCP, 279면 참조).

5행 : "ㅊ질". 치질(hemorrhoids)을 단어가 헐기라도 한 듯
"henorrhoids"라 표기함.
　　6-7행: 파리 5구의 무프타르 거리(rue Mouffetard)와
식물원(Jardin des Plantes) 부근에는 그랑드 모스케(Grande
Mosquée, 회교 사원)가 있다.
　　10행: "행복한 몸(happy body)". 롤러와 필링은 단편「축축한
밤(A Wet Night)」(『발길질보다 따끔함』)에서의 유사한 용례를
참작하여, 이 표현이 '노폐물의 배출'을 돌려 말하는 베케트의
방식이라 본다(SBCP, 280면 참조).
　　11행: 피에르 퓌비 드 샤반(Pierre Puvis de Chavannes,
1824-98). 팡테옹과 소르본 대학교 강당에 그의 프레스코화가
설치되어 있다.
　　14행: "얼라이브 더 라이브-오"는 는 아일랜드의 대표적인
대중가요이자 '더블린의 노래'나 다름없는「몰리 말론(Molly
Malone)」의 후렴구 'alive, alive-oh'를 살짝 비튼 것. 이 흔한 이름

몰리는 때로 창녀를 대변하기도 한다.

20-1행: 제임스 놀슨에 의하면, 베케트는 1931년 10월 더블린의 유명한 여자 포주 베키 쿠퍼(Becky Cooper, 시의 마지막 구절들 참조)가 운영하던 창가를 찾아갔는데, 거기서 헨리 홀리데이(Henry Holiday)가 그린 「단테와 베아트리체」의 복제화가 걸려 있는 것을 발견하고 매우 재미있어 했다고 한다. 단테는 베아트리체를 만난 후 그녀에게 바치는 연시와 고백을 모아 『비타 누오바(Vita Nuova, '신생')』(1294)를 냈다.

23-4행: Gracieuse, Belle-Belle, Percinet. 이들은 모두 올누아 백작 부인(Comtesse d'Aulnoy, 1651-705)이 쓴 요정 이야기(contes de fées) 속 등장인물들. 창녀나 포주 들이 흔히 별명으로 불리는 데 착안한 대목이고, 페르시네의 묘사는 민담의 '푸른 수염'을 연상시킨다. 베케트의 초기 두 소설 속 공통된 주인공 벨라콰 슈아(Belacqua Shuah)는 작품 속에서 또한 "벨벨(Bel-Bel)"이라고 불리기도 한다.

26행: 셰익스피어의 소네트 116번 도입부 한 구절 "변할 일이 있을 때 변하는 것은 사랑이 아니지(Love is not love / Which alters when it alterations finds)"를 비튼 것.

27행: "안녕 또 보자"는 원문에 프랑스어 "au revoir"로 표기됨.

31행: 마담 드 라 모트(Madame de la Motte), 잔 생레미 드 라 발루아 백작 부인. 마리 앙투아네트를 곤경에 빠뜨린 목걸이 도난 사건의 주범으로 판결받아 프랑스에서 공개적으로 태형을 당한 마지막 여인이라 전해진다.

34행: "멈보점보(mumbo-jumbo)"는 아프리카 수단 지방의 수호신, 또는 미신 같은 의식, 허튼 숭배 등을 뜻하는 단어. "팔매질"로 옮긴 원용어는 "cavaletto(로마 시대 감옥에서 태형에 사용하던 대리석 조각들)", "몽둥이찜질"은 "supplejacks(영국군 장교들이 휴대하던 라탄을 엮어 만든 지팡이)".

35행: 이 행은 라틴어로 "vivas puellas mortui incurrrrrsant boves"라 표기됨. 로마 희극작가 플라우투스의 문장 "vivos homines mortui incursant boves(죽은 소들이 산 남자들을 덮치네)"에서 '남자들'을 '여자들'로 바꾼 것. 한편 푸르니에는 이 구절이 '쇠힘줄(nerf de bœuf, 소 목의 두터운 인대 부분을 말려 만든 옛 지팡이 또는 곤봉의 이름)'과도 결부되어 있다고 본다(OEEF, 51면 참조).

36행: "최신 유행"은 프랑스어로 "à la mode"라 표기됨.

37행: "수비토(subito)"는 이탈리아어로 '지금'. 중국식 발바닥 매질을 일컫는 원문의 용어는 "bastinado".

40행: 가느다란 "살모사" 때문에 고증 연구자들은 포주 베키에 더해 또 다른 유명한 베키를 떠올리기도 한다. 빅토리아시대 문호 윌리엄 새커리(William M. Thackeray, 1811–63)의 소설 『허영의 시장(Vanity Fair)』(1847–8) 속 "독사", 베키 샤프(Becky Sharp)가 그녀다(비슷한 구절은 「세레나[Serena I]」에도 등장). 베키 샤프는 미모를 이용해 신분 상승을 꾀하는 냉소적이고 야심에 찬 여인이다. 베케트는 1932년 8월 4일에 이 책의 독서를 마쳤다고 기록했다(SBCP, 282면 참조).

41–3행: 가톨릭 미사 집전에서 기도를 시작하는 자비송 (키리에[kyrie], '주여 불쌍히 여기소서')의 활용. 이렇게 해서 이 시의 '매질'은 다분히 마술 환등적이며 변태적인 쾌락의 분위기와 그에 대비되는 종교적 긍휼에의 비원을 이중적으로 가지게 되었다. T. S. 엘리엇(Thomas Stearns Eliot)의 6부 장편 시 「재의 수요일(Ash-Wednesday)」(1930)이 이처럼 기도의 형식을 차용했는데, 베케트는 또 다른 연인 눌라 코스텔로(Nuala Costello)에게 보낸 1934년 2월 27일 자 편지에서 이 점을 언급했다(SBCP, 282면). 독일 여행 중 쓴 일기에서도 베케트는 회화와 관련해 '기도로서의 예술'을 말한 바 있다(1936년).

◆ 「세레나 I(Serena I)」
'저녁의 노래'. 로런스 하비(Lawrence E. Harvey)는 베케트의 시와 비평을 다룬 연구서에서 '세레나(serena)' 역시 알바와 마찬가지로 음유시인들이 부르던 연가이며, 차이가 있다면 알바가 아침이 밝아 연인과 헤어지게 되는 것을 한탄하는 데 비해 세레나는 어서 저녁이 와서 낮 시간에 보지 못한 연인을 다시 만날 수 있기를 고대한다고 설명했다(『시인이자 비평가로서의

사뮈엘 베케트[Samuel Beckett: Poet & Critic]』, 프린스턴
대학교 출판부[Princeton University Press], 1970, 85면).
이 견해는 베케트의『시 선집』속 간략한 주에서도 이어받고
있다. 그러나 베케트의『시 전집』에서 방대한 고증 연구를
이행한 롤러와 필링은 하비의 설명에 다소 의문을 표한다.
베케트가 공부한 베크의 저서에는(「에뉘에치 1」의 관련 주 참조)
'세레나'라는 형식이 포함되어 있지 않고, 무엇보다 베케트의
「세레나」들이 하비의 정의와는 사뭇 다른 내용을 담고 있다는 게
그 이유다. 이 두 저자는 그보다는 단테의『신곡』중「연옥」에서
세레나가 '세이렌'(마성의 목소리로 선원들을 홀려 죽음으로
이끄는 그리스신화 속 바다 요정)이라는 뜻으로 사용된 용례를
베케트가 은연 중 염두에 둔 것이 아닌가 추측한다. 그럴 경우
'세레나'는 '세이렌의 노래'라는 뜻이 될 것이다. 베케트가 토머스
맥그리비에게「세레나 3」의 초벌 원고를 보냈을 때(1933년 10월
9일) 그것이 '마음의 비명(Cri de Cœur 3)'으로 명명됐다는 사실도
그 가정을 뒷받침하는 한 가지 근거라고, 두 저자는 덧붙인다.

1행: 베케트는 저녁 무렵 대영박물관에서 나와 북쪽으로 걷는
중이다. 런던에서 가장 큰 공원인 리젠츠 파크 안에 아래 언급된
런던동물원이 있다.

    2-7행: 베케트의 철학 노트에는 고대 철학자 탈레스에 대한
메모가 있다. 이 철학자에게 근본 물질은 물이며 세상은 이 근본
물질의 표면 위 죽은 물고기이고 만물은 신으로 가득 차 있다는
것이 그 내용이다(SBCP, 285면 참조). 피에트로 아레티노(Pietro
Aretino)는 15-6세기를 산 이탈리아의 풍자 작가.

    14행: 이 원숭이는 당시 런던동물원의 유명한 구경거리였다.

    19행: 원문은 라틴어 "limae labor". 호라티우스의『시학(Ars
Poetica)』291-2행에서 인용한 구절. 줄 작업. 바꿔 말하면, 세부를
갈고닦음에 어느 것 하나 빠짐없이 주의를 기울여야 한다는 뜻.

    20행:「주기도문」도입부 "하늘에 계신 우리 아버지여" 참조.

    21-4행: 프림로즈 힐은 리젠츠 파크 인근에 소재하는
언덕. 런던 일대를 내려다볼 수 있다. 크리스털 팰러스(Crystal

Palace)는 1851년의 대박람회를 기념해 건립되었다가 1936년 겨울에 화재로 소실되었다. 블레스드 아일즈(Blessed Isles)는 그리스신화에 등장하는 낙원. 롤러와 필링은 베케트가 리비에게 이 시에 관해 기술하면서(1932년 10월 8일 자 편지) 마르셀 슈보브(Marcel Schwob)를 언급했고 스스로 슈보브가 된 듯한 눈으로 프림로즈 힐과 크리스털 팰러스 일대 등을 바라보며 감동했다는 요지의 말을 남긴 데 착안해, 이 섬을 슈보브의 『나무 별(L'Étoile de bois)』에 등장하는 '마법의 섬(iles enchantées)'에 대한 기억으로 볼 가능성도 시사한다(SBCP, 286면 참조). 켄 우드는 런던 북서부 햄스테드 히스에 위치한 큰 숲.

29행: 새커리의 소설 초반부에서 독사 같은 베키 샤프(「농루 2」 40행 관련 주 참조)가 예의 바른 순진한 처녀처럼 신사에게 절을 올렸다는 구절에서 따온 것.

37행: 즉 『데일리 미러(Daily Mirror)』지.

38-9행: 이 두 장소는 모두 런던 타워 경내에 있다.

40-2행: "렌의 거대한 협박 기둥(Wren's giant bully)"이란 천문학자이자 건축가인 크리스토퍼 렌(Christopher Wren, 1632-723) 경이 1666년 런던 대화재의 희생자들을 추모하기 위해 세운 커다란 원주형 기념물을 가리킨다. 이 기둥 꼭대기의 플랫폼("전망대")에 다다르기 위해서는 나선형 계단 311개를 올라야 한다. 플랫폼 위편엔 불꽃 금박이 둘린 수반이 천장을 장식하고 있다. 베케트가 이 기념물을 "협박 기둥"이라 부른 근거는 고전주의 시인 알렉산더 포프(Alexander Pope, 1688-744)가 앨런 로드 배서스트(Allen Lord Bathurst)에게 보내는 편지 형식으로 쓴 「서한시 III(Epistle III)」에서 그것을 "높은 협박처럼(Like a tall bully)"이라 묘사한 구절에 있다.

43행: 공교롭게도 대니얼 디포(Daniel Defoe, 1660-731)는 런던 대화재가 남긴 세 가옥 중 한 채에서 어린 시절을 보냈다고 전해진다. 작가일 뿐만 아니라 당시의 저명한 저널리스트이기도 했던 디포는 앞서 인용된 아레티노와 마찬가지로 대도시의 퇴락 문제를 강하게 비판했고, 베케트는 이 두 사람이 구사하는 구체적인 언어를 높이 평가했다고 한다.

49행: "양지바른 제 자리(his place in the sun)". 『발길질보다 따끔함』에 수록된 단편 「퇴장(Walking Out)」의 결미나 「찌꺼기(Draff)」에서도 이와 흡사한 구절("a place in the sun")이 발견된다. 파스칼의 『팡세(Pensées)』 §322 단장이 그 출처다. "이 개는 내 것이야, 라고 이 딱한 아이들은 말하곤 했다. 여기 양지바른 곳이 내 자리다, 이것이 바로 온 지상에 벌어지는 찬탈의 시작이자 그 이미지이다.(Ce chien est à moi, disaient ces pauvres enfants; c'est là ma place au soleil: voilà le commencement et l'image de l'usurpation de toute la terre.)"

53행: 「마태복음」 6장 24절, "너희가 하나님과 재물(mammon)을 겸하여 섬기지 못하느니라." 참조.

◆ 「세레나 2(Serena II)」
이 시에서는 베케트의 집에서 기르던, 어머니 메이(May)의 것인 암캐(「농루 I」31행 참조)가 등장해, 새끼를 낳기 전 아일랜드 서쪽 해안을 다시 찾는 꿈을 꾼다. 늘어서 사냥 나갈 기력조차 없이 벨라콰 옆 녹색 양탄자에 앉아 있는 암캐(「퇴장」, 『발길질보다 따끔함』, 그로브, 93-4면), 또는 「멀리 새 한 마리(Au loin un oiseau)」의 끝부분 참조. "나는 그에게 늙고 병든 개 한 마리를 붙여줄 것이다, 그가 다시 사랑할 수 있도록, 다시 잃어버릴 수 있도록, 폐허들로 뒤덮인 낡은 땅, 겁에 질린 종종걸음"(사뮈엘 베케트, 『죽은-머리들 / 소멸자 / 다시 끝내기 위하여 그리고 다른 실패작들』, 임수현 옮김, 워크룸 프레스, 2016, 75면).

2행: 놀슨은 이 첫머리 단어 '시소(see-saw)'가 영국인들에게 매우 친숙한 전래 동요인 「시소 마저리 도(See Saw Margery Daw)」와 상통함을 일깨웠다. 이 노래의 현대적 형태가 『어미 거위의 노래(Mother Goose's melody)』에 실린 것은 1765년의 일이다. 가사의 여러 이본 중 「세레나 2」와 밀접해 보이는 다음 참조. "See-saw, Margery Daw, / Sold her bed and lay on the straw; / (…) For wasn't she a dirty slut / To sell her bed and lie in the dirt?" "daw"는 일반적으로 게으른 사람을 의미하지만

스코틀랜드에서는 단정하지 못한, 지저분한 여자(slut)의 뜻으로 사용된다(『옥스퍼드 전래 동요 사전[The Oxford Dictionary of Nursery Rhymes]』, 옥스퍼드 대학교 출판부[Oxford University Press] 참조). 시 42행에서("너저분한 암컷") 베케트는 단어 "slut"을 썼다.

17–8행, 24행: 클루 베이, 성 패트릭 산(Croagh Patrick), 블랙소드 베이는 모두 메이요 주(County Mayo)에 위치. 베케트는 1932년 10월에 형 프랭크와 함께 이곳에 갔던 여행의 경험을 개의 꿈에 투영했다. 성 패트릭 산은 순례자들의 성지이기도 하고, 베케트에게는 "산으로 이루어진 조이스의 고장(mountainous Joyce's country)"이기도 했다(1932년 10월 8일 자 토머스 맥그리비에게 보낸 편지, SBCP, 289면 참조).

20행: "백조"가 등장하는 이 대목에서 롤러와 필링은 말라르메의 소네트 「백조(Le Cygne)」를 떠올린다.

25행: 아스포델(asphodel)은 백합과의 꽃으로 긴 줄기를 따라 하얗거나 선명한 노랑의 꽃들이 더미로 꽃차례를 이루며 핀다. 고대 그리스에서는 아스포델을 낙원에 피는 시들지 않는 '죽음의 꽃'이라 부르기도 했다 한다.

26행: 하비에 따르면, 베케트는 죽을 때가 되면 몸을 숨기려 하는 동물들의 부끄러움에 주목했다.

27행: "그녀(she)". 이 연 첫머리의 대명사 "she"는 암캐를 받는 것일까? 이하의 내용을 고려할 때 이 부분에서는 앞 연과 단절이 있다고 봐야 타당할 것이다. 생각 속의 장소가 아일랜드 서쪽의 메이요 주에서 돌연 그 반대편 더블린의 북서쪽 미스 계곡으로 이동하듯(아래 주 참조), 이 "she"는 개에서 방향을 바꿔 베케트의 어머니를 기억으로 데려온다. 그 근거로, 놀슨이 베케트에게 들은 바에 의하면, 베케트의 모친은 과거에 아들을 이끌어 리피 강이 상향하는 지점인 피더베드 등산로로 데려가서는 물줄기가 떨어지는 광경을 보게 했다는 것이다(SBCP, 289면 참조).

29, 49행: 미스(Meath)는 더블린 북서쪽에 펼쳐진 계곡. 매우 푸르러서 베케트는 『메르시에와 카미에(Mercier et Camier)』에서 이를 "황금 계곡(la vallée d'or)"이라 부르기도 했다(미뉘,

1970, 166면). 미스는 아일랜드 옛 왕국(kingdom of Meath)의 진원지로, 다수의 켈트족 전설과 민담에 무대를 제공한 신화적 장소이기도 하다. 베케트의 유모였던 브리지트 브레이(Bridget Bray)는 미스 출신이어서 어린 그에게 자기 고향의 옛날 이야기와 요정 이야기를 들려주곤 했다고 전해진다.

37-8행: 베케트는 같은 시기인 1932년, 프랑스 초현실주의를 특집으로 다룬 『디스 쿼터(This Quarter)』지 9월 호(5권 1호)를 위해 여러 초현실주의 작가들의 최신작들을 영어로 번역했다. 목록에는 르네 크르벨(René Crevel, 1900-35)의 신간 『디드로의 클라브생(Le Clavecin de Diderot)』(1932)에서 뽑은 실험적 산문 한 편도 들어 있었는데, 그중 한 구절이 시의 이 대목과 비교해볼 가치가 있다. 관련된 부분은 크르벨의 저서 28장 「대단히 우스꽝스러운 개별 요법들(Des très dérisoires thérapeutiques individuelles)」 중 "주인과 개 사이에 일어나는 일에는 늘 얼마간의 에로티슴이 있게 마련이다(De maître à chien, les choses ne vont jamais sans quelque érotisme)."이다. 이 장을 베케트는 '모든 이는 자신이 불사조라고 생각한다(Everyone thinks himself phoenix)'라는 대담하게 변형된 제목으로, 해당 구절을 "The eroctic element is always present between dog and master."로 영역했다. 이 『디스 쿼터』지 초현실주의 특집호는 청년기 번역가 베케트의 역량과 비중이 가장 잘 드러나는 자료다. 근 4분의 1에 해당하는 주요 프랑스 작가들의 작품이 그의 손을 거쳐 영미권 독자들에게 소개되었으며, 번역하기 쉽지 않은 엄선된 작품들을 영어로 갈무리한 이 작업은 좋은 평가를 받았다.

50-3행: 역시 어머니와 얽힌 유년의 이미지. 사진 속 네 살 무렵의 베케트. 그 회상에 따르면 (아기 사뮈엘은) 쿠션 위에 무릎을 꿇고 두 손을 모은 채 기도하는 자세로 눈을 감고 있고 그의 어머니는 큰 손을 무릎에 포갠 자세로 아들 옆 의자에 앉아 엄한 눈으로 쳐다보거나(「필름[Film]」 중에서), 어머니는 엄격한 사랑으로 불타는 시선을 통해 아들을 바라보고, 반면 아들은 창백한 시선으로 어머니를 쳐다보며 그녀가 일러주는 대로 기도를 올린다(『그게 어떤지[Comment c'est]』, 미뉘, 1961, 19면 참조).

◆ 「세레나 3(Serena III)」

1933년 10월 9일 토머스 맥그리비에게 편지와 함께 발송된
시(「세레나 1」 관련 설명 참조). 『에코의 뼈들 그리고 다른
침전물들』에 수록된 여행 시들 중에서는 마지막 편. 더블린
선창가에서 해안을 따라 마구 달려 블랙로크(Blackrock)까지
이르는 길이 그 여정이다.

1행: "미의 이 S자형 후크(this pothook od beauty)". 영국 화가
윌리엄 호가스(William Hogarth, 1697–764)의 지론을 빗댄
것. 호가스는 이론서 『미의 분석(Analysis of Beauty)』(1753)에서
직선이나 각진 선 대신 구불구불한 곡선의 미학을 절대적으로
옹호했다. 그는 "우미(優美)의 선(line of beauty and grace)"이라는
글귀가 기록된 팔레트를 쥔 모습으로 자신의 자화상을 그렸다.

　　4행: 이 '덮인 안구'의 테마에 관해, 또 「세레나 2」의 45행
"눈을 감은들"에 대해서도, 롤러와 필링은 랭보의 「일곱 살
시인들(Les Poètes de sept ans)」에서 확인되는 '눈의 자살'의
미학을 상기하라고 제안한다(SBCP, 292면 참조). 베케트는
1931년 3월 11일 맥그리비에게 보내는 편지에 랭보의 어린 시인이
별을 보기 위해 자신의 감은 눈을 주먹으로 누른다고 썼는데("the
young poet sees stars from pressing his fists on his closed
eyes"), 이 테마가 1933년 작 「에코의 뼈들」(『발길질보다 따끔함』
맨 마지막에 실리려다 전체 내용과 구성상 걸맞지 않는다는
편집자의 권유로 누락된 단편)에도 여러 차례 등장한다는 것이다.
부연하면, 랭보의 해당 구절은 "En passant il tirait la langue,
les deux poings / À l'aine, et dans ses yeux fermés voyait des
points(나오는 길에 그는 혀를 쏙 내밀곤 두 주먹을 / 허리춤에
붙인 후, 눈을 감은 채로 빛의 점들을 보곤 했다)". 베케트는
원시의 구절을 약간 다르게, 자기 식으로 기억하고 있었던 것으로
보인다. 어쨌든 '눈의 자살'은 베케트의 한 면을 이해하는 데
흥미로운 단서를 제공한다.

　　5행: 리피 강의 다리 중 하나.

　　14행: 불(Bull)과 풀벡(Pool Beg)은 더블린 만 양쪽에 세워진

등대. 각각의 이름 때문에 남녀의 성기를 연상시키기도 한다.

16-9행: 이 지명들과 연관된 불운의 에피소드는 이렇다. 1931년 크리스마스 무렵, 베케트는 여러 사람에게 실망을 안길 생각에 몹시 괴로워하면서도 트리니티 대학교를 떠날 결심을 굳혔다. 그는 에스나 매카시와 이별주를 마신 후 차로 그녀를 샌디마운트의 집에 데려다주다 순간 격심한 우울과 분노에 사로잡혔다. 그가 링센드 유역 근방에서 에스나에게 욕을 퍼부으며 아찔한 속도로 내달린 바람에 차는 제어되지 못하고 빅토리아 브리지 중간에서 인도에 세게 부딪혔고, 에스나는 몹시 다쳐 병원으로 이송되었다. 하비에게 털어놓은 바, 베케트는 사고 후 그를 바라보던 그녀 아버지의 눈빛을 30년이 지난 후에도 잊을 수 없었다 한다. 이 사건은 여러모로 그의 수치심과 죄책감을 배가시켜, 이후 떠난 독일 여행 내내 그를 따라다니는 악몽이 되었다는 것이다(제임스 놀슨, 『명성을 누리도록 저주받은 삶: 사뮈엘 베케트의 생애[Damned to Fame: The Life of Samuel Beckett]』, 런던, 블룸즈버리[Bloomsbury], 1996, 143면에서 요약). 한편, 샌디마운트에서 보이는 킬라키 산 꼭대기에는 1716년 건립된 헬 파이어 클럽(Hell Fire Club)의 폐허가 있다. 원래 사냥을 위한 용도였다가 1735년에 동성연애자들의 비밀 파티 장소로 사용되었다는데, 허물어진 바람에 방탕의 구체적인 흔적을 찾을 수는 없다.

22행: 하비의 설명으로는 이 시의 배경에는 (조이스의 딸 루시아의 친구이면서 베케트가 에스나 대신 사귀게 된) 눌라 코스텔로가 있다. 놀슨의 전기에 근거할 때(745면 주 85 참조), 베케트는 『머피(Murphy)』를 쓰던 시기에 그 이름을 이용한 말장난을 생각해냈다. 프랑스어로 'Nue à la côte à l'eau(물가의 벗은 여자)'라 쓰면 발음 및 의미가 'Nuala Costello'와 흡사해지기 때문이다(SBCP, 293면 참조). "옷 벗다 들키는 여자들"이라는 구절은 자연 이 말장난과 그 뒤의 눌라를 연상시킨다.

23행: 부터스타운(Booterstown)을 러시아어 식으로 변형시킴.

26행: "거기 바위(the Rock)". 부터스타운 인근의 지명 블랙로크를 지칭하는 동시에, 성서적 맥락을 일깨운다. 가령

"주 여호와는 영원한 반석이심이로다"(「이사야서」26장 4절),
"여호와는 나의 반석이시요 나의 요새시요 (…) 나의 피할
바위시요"(「시편」18편 2절), 또는 1763년의 유명한 칸타타
「영원한 반석 날 위해 열렸네(Cleft for me)」참조. 뜨거운 '마음의
비명' 속에 계속 걷는 시인을 따라가다 보면 더블린 해안을
따라 마침내 둔 레이러(Dún Laoghaire) 항의 선창가에 이른다.
동쪽, 다시 말해 유럽 대륙을 향하는 모든 배들이 이 항구에서
출발한다(OEEF, 57면 참조). 그 외에, 지옥의 악마 말라코다가
등장하는(이어지는 시「말라코다」참조) 단테의『신곡』중「지옥」
21곡에도 주목할 만한 구절이 있다. "오, 다리의 바위들 사이에
몰래 웅크리고 있는 너는"(『신곡』, 열린책들, 171면, 88-9행).

◆   「말라코다(Malacoda)」
베케트의 부친 윌리엄은 1933년 6월 26일 사망했다. 베케트는
급작스러웠던 부친의 죽음 직후 이 시를 쓰기 시작했으나,
최종태는 1935년 10월, 즉『에코의 뼈들 그리고 다른 침전물들』
출판 한두 달 전에야 완성될 수 있었다. 롤러와 필링은「말라코다」
및 그 뒤에 배치된 두 시가 깊이 사랑했던 아버지의 죽음을 극복해
보려는 일련의 시도에서 빚어졌다고 봤다(SBCP, 294면 참조).
    말라코다(Malacoda)는『신곡』의「지옥」21-2곡에 나오는
악마들 중 하나. 지옥의 다섯째 구렁을 지키는 열한 마리 악마들인
말레브랑케(Malebranche)의 우두머리이다. 단테가 지어냈다는
이 이름들 중 '말라코다'는 '사악한 꼬리(Eviltail)'라는 뜻(『신곡』,
열린책들, 170면 주 11 참조). 이 악마들은 죄인들을 끓는 역청
속에 던져 넣고, 그들이 표면으로 올라오면 작살로 찍어 도로
아래로 가라앉도록 만든다.

10행: 신호음.「지옥」21곡 종결부의 "두목은 엉덩이로 나팔을
불었다"(같은 책, 173면, 139행) 참조. 말라코다의 신호음, 즉
엉덩이로 부는 나팔은 결국 방귀를 의미한다.「세레나 3」23행,
「에코의 뼈들」3행 참조.
    12행: 이 행은 베토벤이 그의 마지막 작품인 현악4중주 16번,

op. 135, 4악장의 앞머리에 써놓은 구절 "Muß es sein? Es muß sein! Es muß sein!"을 풀어 옮겨놓은 것. 이 곡에는 이 문구 앞에 "힘든 결정(Der schwer gefaßte Entschluß)"이라는 명구가 붙어 있다. 베케트가 즐겨 인용하던 구절이기도 하다.

23행: 스카르밀리오네(Scarmiglione)는 말라코다 무리의 하나. 이 악마의 이름은 '산발한 머리'라는 뜻이다(『신곡』, 열린책들, 170면, 주 11 참조). 베케트의 이 행은 『신곡』 중 「지옥」 21곡 104-5행과 비교할 만하다. "악마가 갑자기 몸을 돌리더니 말했다. 내려놔, 스카르밀리오네, 내려놓아!"(같은 책, 171면)

24행: "하위쉼(Huysum)". 베케트는 하비에게 이 대목이 꽃과 그 위의 나비 한 마리를 그린 네덜란드 화가 얀 판 하위쉼(Jan van Huysum, 1682-749)의 그림을 염두에 둔 것이라고 말했다. 해당 그림은 런던 내셔널갤러리가 소장한 「테라코타 화병 속 꽃들」로 밝혀졌고, 베케트는 이 미술관을 여러 차례 방문했다(SBCP, 296면 참조). '나비'와 관련해서는, 이어지는 문맥 속 '이마고(imago)'의 테마 역시 살펴볼 만하다. 이마고는 '성충(成蟲)'이라는 일반적인 뜻 외에 '원상(原象)', 즉 어린아이의 상상 속에 새겨져 있는 부모의 이미지, 결국 그것을 통해 아이 자신의 의향들이 비춰지는 환상적 창안물을 의미한다. 또한 고대 로마에서 이마고는 죽은 이의 얼굴에 밀칠을 하여 뜬 데스마스크를 가리키기도 했다. 베케트가 특히 주목한 것은 두 번째 정의다. 그 스스로 '심리학 메모'에 적어둔 바에 의하면(SBCP, 296면 참조), 베케트는 이 개념을 정신분석학자 캐린 스티븐(Karin Stephen)의 저서 『병에 걸리고자 하는 소망 (The Wish to Fall Ill)』(1933)에서 익혔다.

◆ 「이어 날이 밝았으니(Da Tagte Es)」
원제는 독일어. 베케트가 1934년의 원고에 출처를 밝히지 않은 채 "Walther von der Vogelweide?"라 적어놓아, 전문가들은 중세 독일-오스트리아의 대표적 궁정 가인(Minnesänger) 발터 폰 데어 포겔바이데(Walther von der Vogelweide, 1170?-230)의 연시(Minnesang) 「받아주오, 숙녀여, 이 화환을!(Nemt,

frouwe, disen kranz!)」의 한 구절, "dô taget ez und muos ich wachen(이어 날이 밝았으니, 나는 잠에서 깨어나야 했네)"에서 제목을 착상했다고 추정하거나(푸르니에), 내용상 하인리히 폰 모룽겐(Heinrich von Morungen, 1155-222)의 「아침의 노래(Tagelied)」 후렴구 "dô tagte ez"와도 밀접한 관계가 있다고 생각한다(롤러, 필링). 베케트는 이 대표적인 중세 시들을 로버트슨의 『독일 문학사』에서 읽었다(SBCP, 296면 참조). 원문에서는 1행과 4행(goodbyes / eyes), 2행과 3행(hand / land)의 운이 맞춰져 있다(즉 포옹운[rimes embrassées]). 이 짧은 이별시에는 단 한 벌의 이본이 있다. 베케트의 건강이 부쩍 쇠약해져 죽음이 얼마 남지 않았던 무렵 『아일랜드의 위대한 책(Great Book of Ireland)』을 위해 직접 수정한 원고가 그것으로, 이 판본에는 2행과 3행이 바뀌어 있다. 롤러와 필링은 자기 자신의 죽음이 임박한 순간에 50여 년 전 아버지의 임종을 기리며 썼던 '아침의 이별 노래'를 다시 기억해 고치는 베케트의 모습이 뭉클하다고 적는다(SBCP, 297면 참조).

1행: "대리 이별 인사(surrogate goodbyes)", 즉 죽어서 영영 떠나는 이를 대신해 남는 작별 인사. 『발길질보다 따끔함』 속 단편 「찌꺼기」, 1933년 5월 사망한 페기 싱클레어의 죽음을 언급한 1934년 12월 말의 맥그리비 앞 편지 등에도 이와 유사한 표현들("surrogate adieu" 등)이 등장.

2행: "시트"에는 '침대 천'이라는 뜻 외에 '아딧줄(바람의 방향을 맞추기 위해 돛을 매어 쓰는 줄)'이라는 의미도 있다.

3행: 아일랜드 시인이자 가수 토머스 무어(Thomas Moore, 1779-852)의 노래집 『아일랜드의 노래들(Irish Melodies)』 중 한 대목 "그녀는 육지에서 멀어져 있네(She is far from the Land)"를 차용(SBCP, 298면 참조).

4행: 침상에 누운 이가 더 이상 숨 쉬지 않기에 거울에는 입김이 서리지 않는다. 죽었는지 살아 숨 쉬는지 확인하기 위해 입술에 대어볼 거울을 가져오라는, 셰익스피어의 「리어왕(King Lear)」 마지막 구절들 참조.

◆ 「에코의 뼈들(Echo's Bones)」

1933년 11월 13일 자 편지를 고려할 때, 이 시는 동명의 단편이 채토 앤드 윈더스(Chatto & Windus) 출판사 측의 퇴짜로 『발길질보다 따끔함』에 실리지 못하게 된 직후 쓰였다(SBCP, 298면 참조). 텍사스 대학교 오스틴에 소장된 수고본에는 베케트의 손글씨로 "Echo's Bones were turned / to stone. / Ovide Metamorphose?"라 적혀 있으며, 이것으로 봐서는 (앞서 소개한 푸르니에의 해석에 비해) 재로 돌아간 느낌, 다시 말해 부패와 무화로서의 결론이 더 강하게 부각되어 있다.

1행: "은둔처(asylum)". 롤러와 필링은 『머피』에서 베케트가 'asylum'과 'exil'을 구분했다는 점을 지적한다(SBCP, 299면 참조). 사전적으로 두 단어는 공히 '망명' 또는 '망명지'를 가리킬 수 있지만, 전자는 특히 몸을 피해서 숨는 '장소', 즉 은신처나 안식처, 피난지 등을 지칭하고(즉, 거의 기꺼운 선택지) 옛 용례에서는 정신병원, 양로원 등의 보호시설이나 사원 따위의 성역(聖域)을 가리키는 단어로 쓰였다. 한편 후자는 라틴어의 'exsilium'에서 왔으며 추방, 유배, 즉 부득이 자신의 집(고향)에서 쫓겨나 살게 되는 일과 관련 있다. 앞서 필링은 베케트의 두 용어 구분에 주목하면서, "머피의 경우 피난처의 채택이 추방의 경험보다 더 강한 것으로 드러난다(Murphy's adoption of asylum proves stronger than his experience of exile)."고 기술했다(존 필링[John Pilling], 「베케트의 영문 소설[Beckett's English Fiction]」, 『케임브리지 베케트 안내서[The Cambridge Companion to Beckett])』, 케임브리지 대학교 출판부[Cambridge University Press], 1994, 30면, 존 프랜시스 하티[John Francis Harty] 외, 『문학적 모더니즘에서의 동요[Oscillation in Literary Modernism]』, 피터 랭[Peter Lang], 2009, 53면에서 재인용). 『머피』 7장에서 베케트는 앙드레 말로의 『인간 조건(La Condition humaine)』(1933) 중 한 구절 "세상 바깥에 사는 자는 제 동료들을 찾게 마련이다(Il est difficile à celui qui vit hors du monde de ne pas rechercher les siens)."를 제사로 인용했다.

그가 말로의 이 구절을 받아들인 방식은 아마도 이러하다. 외부 세계와 내적 은둔 사이의 길항은, 망명을 은둔처 혹은 피신처로 변모시키려는 아웃사이더의 시도 속에서, 줄어들기는커녕 외려 증폭된다. 그렇다면, 결국 강화되는 것은 (그가 찾는) 피신처가 아니라 망명이다. 머피를 실패로 이끄는 것이 이 모순이다(1936년 1월 16일, 맥그리비에게 보낸 베케트의 편지 참조). 이와 관련해 레즐리 힐(Leslie Hill)은 "피신처란 머피가 피신처에서 찾아내지 못하는 바로 그것이다(Asylum is precisely what Murphy does not find in the asylum)."라는 결론을 끌어낸다(『베케트의 픽션: 다른 말로 말하기[Beckett's Fiction: In Different Words]』, 케임브리지 대학교 출판부, 1990, 15면, 『문학적 모더니즘에서의 동요』, 53면에서 재인용). 그런가 하면 『발길질보다 따끔함』에 수록된 단편 「핑걸(Fingal)」은 여러 차례에 걸쳐 폐허 속 "성소의 땅(a land of sanctuary)", "포트레인 정신병원(Portrane Lunatic Asylum)" 등을 주시하고 묘사한다. 그 하나의 예. "요양소가 고스란히 그들[벨라콰와 위니]의 아래에, 또 뒤에 있었다(the asylum was all below and behind them)."(『발길질보다 따끔함』, 그로브, 27면)

  2행: '그것들'은 제목의 '에코의 뼈들'을 가리킨다.

  4행: 「농루 2」의 각종 매질과 비교. 이 시에서는 "태형(gantelope 또는 gauntlet)"이 등장했다. 이것은 죄인으로 하여금 두 줄로 늘어선 군인들 사이를 달려가도록 하여 그를 양쪽에서 때리는 형벌이다. 'running the gauntlet'이라는 숙어가 여기서 파생되었다.

호로스코프 외

호로스코프

이게 뭔가?
달걀이냐?
보트 형제에 의거한바, 풋내 진동하느니라.
질로에게 갖다줄 것.

5   갈릴레오여 이거 안녕하신지
그 평행3도화음들도!
비열한 늙다리 코페르니쿠스 지지자, 납끈 흔드는 종군 상인의
    아들 같으니!
우리가 움직이고 있다, 라 그랬겠다 우리가 끈 떨어진 출발이라고
    — 이런 제기랄!
갑판장, 아니면 감자 부대처럼 뚱뚱한 왕위 계승 주장자가 취할
    법한 태도로.
10 그것은 움직이지 않는다네, 그것은 움직인다네.

이게 뭔가?
작은 초록색 튀김인가 아니면 곰팡이 핀 튀김?
때리고 휘저어 프로스티슈토를 곁들인 두 개의 난소?
저걸 얼마 동안 품었다나, 깃털 달린 암컷은?
15 사흘 낮에 나흘 밤?
질로에게 갖다줄 것.

파울하버, 베크만, 피에르 르 루즈여,
희부연 눈사태 속으로 또는 가상디의 붉게 빛나는 환일의 구름
    결정 아래로 지금 오라
암탉 한 마리 반을 더합네 맙네 당신네 그 수학 문제는 내가 몽땅
    풀 테니
20 아니라도 한창 대낮에 누비천으로 반들반들 렌즈 한 알
    닦아드리지.

막돼먹은 피에르, 과연 그가 내 친형제였다니,
그 어떤 삼단논법 하나 그에게서 나온 적이 없건만
그 논법에 아빠 주님이 거하지 않듯이.
이봐! 이리 다오 그 구리 동전 몇 푼,
내 이글거리는 간의 달콤하게 갈린 땀을!
뜨거운 찬장에 들어앉아 예수회 교도들을 천창 바깥으로 던지던
　　나의 나날들이 바로 그것이라.

누구냐 저이는? 할스인가?
기다리라고 해.

내 귀여운 사팔뜨기!
나는 숨었고 너는 찾아다녔지.
그리고 프랑신, 나의 소중한 결실이자 청소-및-요리 담당의
　　태아여!
이게 웬 박리 증세람!
껍질이 벗겨지는 딸 아기의 조그만 회색 피부 새빨간 편도라니!
나의 유일한 아이가
열에 시달려 피까지 탁하게 굳다니—
피!
오 사랑하는 하비여
어떻게 빨강과 하양이, 소수 속의 다수가,
(피를 순환시키는 친애하는 하비여)
저 쩍쩍 금 간 심장박동 속에 회오리칠 수 있다는 것이오?
그리고 앙리4세는 저 화살의 지하 묘지에 당도했네.

이게 뭔가?
얼마나 오래됐다지?
계속 품고 있을 것.

사악한 바람이 평온의 희망을 잃은 나를 들어
어느 숙녀의

예리한 첨탑 쪽으로 내친다:
그저 한 번 혹은 두 번이 아니라….
(이런 제길 그걸 품고 있으라니까!)
해가 한 차례 익사하는 내내
(예수회 교도들이여 부디 옮겨 적어주시게).
그렇게 명주 양말에 메리야스, 다 죽어가는 가죽옷을 걸치고—
내가 무슨 말을 하는 거냐! 순한 돛과 함께—
밝게 빛나는 아드리아 해변의 앙코나로 출발,
장미십자회원들의 노란 열쇠에 잠시 작별을 고하누나.
쟤네들은 모르나니 실행가인 저희 스승이 대관절 무엇을
　　　실행했는지를,
그의 코를 온갖 고약하거나 감미로운 공기의 입맞춤이 스쳐가는
　　　것을,
이어 북들과, 웬 똥구멍 같은 왕좌와,
이리저리 갈지자를 그리는 시선들도.
이리하여 우리는 주님을 마시고 주님을 먹네
맹물 같은 본 와인과 퀴퀴한 호비스 빵 쪼가리들을
주님은 출싹거리실 수 있기에
그분 자신의 출싹거리는 자아로부터 가까이서 또는 멀리서
묻는 게 성배냐 쟁반이냐에 따라 슬프거나 활달하게.
이 대목 어때, 앙투안?

베이컨의 이름으로 저 달걀을 숙성시켜주겠나.
동굴의 환영들은 내가 삼킬까?

안나 마리아!
그녀는 모세를 읽고 주절대지 제 사랑이 십자가에 못 박혔다고.
오호애재라! 오호통재라! 그녀는 피어났다 시들었네,
대로변 창가의 창백한 욕쟁이 잉꼬는.

아니 난 이 말 한 마디 한 마디를 믿네 내 장담하지.
나는 속는다, 고로 존재한다!

내숭 떨며 집적대는 늙다리 같으니라고!
75 그는 쥐게끔 되었노라 읽게끔 되었노라
그리고 자신의 레뎀프토르회 조끼의 단추를 채웠노라.
상관없어, 그냥 넘어가세.
나는 당찬 사내 나도 알아
고로 나는 내 아들이 아니요
80 (설사 내가 어지자지일지라도)
내 아버지 조아킴의 아들 또한 아니며
낡지도 새롭지도 않은 어느 완벽한 블록의 한 조각,
크고 귀하게 빛나는 장미의 외로운 한 점 꽃잎일 뿐.

나의 홀쭉하고 창백한 더블 버튼형 오물 덩어리여,
85 드디어 다 익었니?
냄새 한번 풍성하구나,
이 유산된 어린 새는!
나는 이것을 생선용 포크로 찍어 먹으리라.
흰자와 노른자와 깃털.
90 그런 다음 일어나 움직임에 실려 움직여 가리라
눈 나라의 라합,
교황에게 고해한 사람 잡는 아침형 여장부,
저 살인마 크리스티나를 향해.
오 뷜러스여 부디 이 프랑크족 사람의 피를 보호해주기를
95 그는 쓰디쓴 계단을 간신히 올라왔나니,
(층계의 르네라…!)
그리하여 내게 허락해주기를
별 하나 없어 불가해한 나의 두 번째 시간을.

(1930)

베케트의 주

르 페롱의 영주(Seigneur du Perron) 르네 데카르트(René Descartes)는 자신이 먹을 오믈렛이 일주일에서 열흘 정도 품어진 달걀로 만들어지기를 원했다. 그는 암탉이 알을 그보다 덜 또는 더 품게 되면 결과적으로 맛이 끔찍해진다고 말하곤 했다.

그는 자기 자신의 생일을 비밀에 부침으로써 그 어떤 점성술사도 그의 운세를 점칠 수 없도록 하려 했다.

숙성된 달걀을 날라 오게 해 점검하는 일은 그의 일상의 날실을 직조하는 북이었다.

3
1640년, 보트(Boot) 형제는 더블린에서 아리스토텔레스를 반박하는 이론을 제시했다.

4
데카르트는 가장 단순한 해석기하학 문제들을 푸는 일은 자신의 하인 질로(Gillot)에게 맡겼다.

5-10
갈릴레오 주니어에 대한 데카르트의 경멸감(그는 아들 갈릴레오를 보다 음악적인 재능을 지닌 아버지 갈릴레오와 혼동했다.) 및 지동설에 대한 그의 편의주의적 궤변 참조.

17
그는 이들 수학자들이 낸 문제들을 푸는 데 성공했다.

21-6
그의 형 피에르 드 라 브르타예르 (Pierre de la Bretaillière)가 모의한 사취 계획 — 데카르트가 군인 시절 받았던 봉급.

27
프란츠 할스(Frans Hals).

29-30
그는 어렸을 때 한 사팔뜨기 소녀와 같이 놀았다.

31-5
그의 딸은 여섯 살에 성홍열로 사망했다.

37-40
데카르트는 하비(William Harvey)가 혈액순환을 발견한 사실을 들어 그를 높이 평가했으나, 다만 후자가 심장의 운동을 해명했다는 점은 인정하려 하지 않았다.

41
앙리4세의 심장은 라 플레슈(La Flèche)의 예수회 학교로 옮겨졌으며 당시 데카르트는 이 학교의 학생이었다.

45-53
그가 본 환상과 로레토(Loreto)로의 순례 여행.

56-65
그가 장세니스트 앙투안 아르노(Antoine Arnauld)에게 응답차 건넨 성만찬 관련 궤변. 아르노는 데카르트에게 도전장을 던지며 물질에 대한 그의 학설을 성변화설과 조화시켜보라고 했다.

68
네덜란드의 여성 학자
슈르만(Schurmann). 부트(Voët)의
충실한 제자였으며 데카르트의
적수였다.

73-6
성 아우구스티누스는 어느 작은
숲에서 계시를 받아 성 바울을 읽게
된다.

77-83
그는 신의 존재를 순차적 소거에 의해
증명한다.

91-3
스웨덴의 크리스티나 여왕.
스톡홀름에서 여왕은, 때가
11월이었는데, 평생토록 정오 무렵까지
침대에 누워 지냈던 데카르트보고
새벽 다섯 시에 그녀 앞에 나와
있으라고 명령했다.

94
뷜러스. 스웨덴 궁정에 있던 네덜란드
출신 소요학파 의사로, 데카르트의
적이었다.

금언

학식의 오만불손을
깍듯이 외면하고 돌아서는
한 세계를 유랑하는 세월에 필요한
용기를 탕진하는 데 써버려라 학습의 시절을

(1934)

카스칸도

I

왜 아니랄까 그저 낙심한 놈일 뿐
없는 기회에
못 쏟은 말에

불임보단 유산이 낫지 않은가

5   너 떠난 후 시간들은 이토록 무겁고
질질 끌며 시작되리라 그것들은 언제나 지나치게 빨리
갈고리들이 맹목적으로 결핍의 침대를 긁어대며
뼈들을 오래된 사랑을 데려오고
한때 네 것을 닮은 눈이 담겼던 눈구멍
10   결코에 비하면 지나치게 빠른 게 낫나, 무릇 언제나
검정이 그 눈의 얼굴들에 흙탕을 끼었으려 해
또다시 되뇌길 아홉 날이 지나도 사랑하는 이는 떠내려가지
      않았네
아홉 달이 지나도
아홉 생이 지나도

2

15   또다시 되뇌네
네가 가르쳐주지 않으면 나는 배우지 못할 거야
또다시 되뇌네 마지막이 있어
마지막 순간들에조차
애원의 마지막 순간들
20   사랑의 마지막 순간들
그런 척할 수 없다는 걸 알게 되는
네가 날 사랑하지 않는다면 난 사랑받지 못하리라
내가 널 사랑하지 않는다면 난 사랑할 수 없으리라고
말하는 마지막 순간들의 저 맨 마지막이

66

25 또다시 마음속을 휘도는 퀴퀴한 말들
사랑 사랑 사랑 텅텅 울리는 낡은 공이
짓찧어봤자 변할 것 없는
말들의 멀건 물

또다시 두려워지다
30 사랑하지 못해서
사랑하는데 너는 그렇지 않아서
사랑받는데 네 사랑은 아니어서
그런 척할 수 없다는 걸 알기에
그런 척할 수는

35 나, 그리고 널 사랑하게 될 모든 다른 자들
그들이 널 사랑한다면

3
그들이 널 사랑하는 게 아니라면

(1936)

판돈

제물로 바쳐라 현금으로 내놔
골고다는 가짜 알이었을 뿐
암종이든 협심증이든 아무려나 다 좋다
당신 결핵을 토해내라 쩨쩨하게 굴지 마
5   사소한 것도 너무 사소하진 않거든 하다못해 한 조각 혈전도
성병이면 종류 불문 각별히 환영이야
좀약에 싸인 저 낡은 토가
감상적으로 굴 것 있나 다시 필요하지도 않을 텐데
그걸 우리에게 보내라 나머지와 합해서 단지에 넣을게
10 당신의 보답받은 보답받지 않은 사랑과 합쳐서
너무 늦게 거둬진 것들 너무 빨리 거둬진 것들
거세된 송아지 불알에 아파하는 영혼아
당신은 놈을 치유할 수도 견딜 수도 없으리니
그게 당신이다 그것은 즉 당신이야 어떤 바보도 당신을 동정할
    의무는 없어
15 그러니 사안 전체를 포장해 보내라
진단된 진단 안 된 진단 잘못된 그 모든 고통을
친구들보고도 똑같이 하라 해 우리가 그것을 사용해줄 테니
우리가 그것에 의미를 만들어줄 테니 나머지와 합해서 단지에
    넣을 테니
그것이 남김없이 어린양의 피로 졸아드네

(1938)

생로

비르 강은 구불구불 다른 그림자들로 감아 돌리라
앞으로 태어날 그것들이 빛나는 길들을 거치며 전율하리라
망령을 저버린 늙은 머리는
저의 혼돈 속으로 잠겨 들리라

(1946)

항소화제

그런즉 신성한 스티븐스 그린에서
음절 수는 고르지 않았고
그곳 궁둥이 앞 수레는
대외 지부를 위해 마구가 매였더라.
5   여기서 드러나야 할 것은 우연의
사인이 아닌, 천만에, 기획의 기호였으며,
그 둘 중, 만장일치하에,
좀 더 똑똑한 것은 수레였다.
그것의 연한 뇌막이 예외적으로
10   이 위대한 관념을 부화시켰음은
알려지지 않았다. 그 혹은 그녀는,
미소 짓고, 아무런 구애 없고, 자유롭고,
이 한 번의 행위로 머리는
하늘의 섭리랄 공백이 되어,
15   여전히 지속적으로 난동 피우고,
먹고 마시고, 오줌똥 싸고, 방귀 뀌고, 씹하고,
그러면서 이 우라질 계절
이성의 절기와 더불어 죽지는 않았다고 추정한다.
이제 도시로 신속하게 퍼져가는
20   외침은: 하나의 사유가 발생하고 말았네!
인간의 사유란다! 아이고! 아이고!
순수의 동정녀야! 우리는 다 망했네!
개 같고, 잡쳤고, 몹시도 갈팡질팡이네!
네 죽음을 낳아라! 네 죽음을 낳아!

(1946?)

무언가 저기에

무언가 저기에
어디
저기 저쪽
저기 어디
5 바깥쪽
무엇
머리 그 밖엔 무엇도
무언가 저기에 바깥쪽 어딘가에
저것, 머리

10 희미한 소리 한순간의
사라짐에 안구 전체는
미처 덮이지 않은
눈
크게 벌어지고
15 크게
마침내
더는 아무것도 없어
다시 닫히고

하여 간-간-이
20 저기 저쪽
저기 저 어딘가에
꼭 마치
마치
무언가
25 생명이 아닌 듯
꼭 그건 아닌

(1974)

두려움에 도리질

　　고정된 머리
　　안팎으로 죽은 듯
　　그러다 찢기는
　　긴 정적
5　미미한 동요
　　한 눈 열리고
　　다시 정적
　　다시 감기고

　　머리 둥근 덩이
10　잿빛 매끈함
　　눈 하나
　　언제랄 기미 없이
　　돌연 노려보는
　　외눈박이로 아니
15　한쪽만
　　으스스하게

　　활짝 펼쳐진
　　표면 위
　　드높은
20　모든 것을 덮는
　　흰 눈의
　　광대함 속
　　은신처 두개골
　　유일한 오점

25　시선의 얼음 지옥
　　물줄기 흐르다
　　쭈뼛 얼며 멎는

그보다 더 빠르게
턱은 발악하고
30 갉고 갈아대고
이빨은 황새와
딸깍딸깍 딱딱

다가옴
알 수 없음 사라짐
35 그사이 눈 하나
놀라 벌어져
휘둥그런 흰자로
여전히 드러내려
휘젓는 두려움
40 도리질해 무로 돌리고

느닷없는
잿빛 매끈함 속
경악
번쩍이는 섬광
45 그러다 느닷없는
다시 매끈함
그처럼 지나가
결코 있던 적 없는 소란

광선을 향해
50 굴 속에 숨어
긴긴 어둠
요동치는 두려움
금 갈 때까지
오랜 봉인
55 다시 어둠
다시 정적

하여
오랜 정적
오랜 무에 앞서
60 틈은 그처럼
그처럼 소란은
오래도 지나는
고정된 머리
안팎으로 죽은 듯

(1974)

라운덜레이

저 온 물기슭 따라
하루가 다 끝날 때면
발소리 유일한 소리
오래도록 유일한 소리
5   문득 이유 없이 가던 길 멈추면
이어 가뭇없는 소리
저 온 물기슭 따라
오래도록 없는 소리
문득 이유 없이 가던 길 떠나면
10   발소리 유일한 소리
오래도록 유일한 소리
저 온 물기슭 따라
하루가 다 끝날 때면

(1976)

저녁에

저녁에
아득히 놀라워라
그토록 조그만
어린 사람에게
5   금빛 수선화들
그럼 삼월의 행진은

그럼 저기도
그럼 저기도

그럼 그 너머 녘에도
10   수선화들은
또다시
그럼 삼월의 행진은
또다시
아득히 놀라워라
15   또다시
그토록 조그만
어린 사람에게

(1976)

"어느 깊은 밤"

어느 깊은 밤
죽은 듯한 정적 속
책을 보다 말고
그는 고개를 들었다

그 어둠으로부터
다른 어둠을 응시하기 위해

까마아득히
실낱처럼 가늘어지는
두 눈

죽은 듯한 정적 속

까마아득히
그의 책으로부터
한 손 그의 것 아닌
그의 것 위의 한 손에
어렴풋이 감기며

좋든 혹은 나쁘든

좋든 또 나쁘든

(1977)

"저기"

저기
이제껏 산 삶이
당도한 저기에서
모든 것은 말함 없이 이루어지다

(1981)

"다시 사라지다"

다시 사라지다
말할 것이 도로
돌아오다 다시
또 말하다

(1982)

"떠나다 어디거기 이전에 모르던"

떠나다 어디거기 이전에 모르던
그곳에 닿자마자 언제나 그곳에
어디라도 어디든 이전에 모르던
그곳에 닿자마자 언제나 그곳에

(1987)

짧은 꿈

그리 끝으로 가리
문득 어떤 날에
그곳 그때까지 몰라도
어디라도 괜찮네
언제인들 어떠리
마치 그러듯이 거기로

(1987)

◆　「호로스코프(Whoroscope)」

베케트의 등단작. 시인의 자격으로 단독 출판한 첫 작품. 이 시와 시인의 탄생을 둘러싼 다소 전설적인 일화는 다음과 같다. 1930년 6월 무렵의 베케트는 파리 고등 사범학교에서 영어 강사로 일한 지 2년, 10월 개강 때는 그곳을 떠나야 할 형편이었다. 파리에서 영문학 작품들을 펴내는 디 아워즈 출판사(The Hours Press)가 '시간'을 주제로 100행 이내의 시 경연 대회를 주최했다는 사실을 베케트가 알게 된 것은, 그 자신의 이후 진술을 따르면, 공교롭게도 작품 제출 마감일이었다. 그는 밤새워 데카르트의 생애를 테마로 한 전기 시를 써 동트기 전 편집자 낸시 커나드(Nancy Cunard)의 우편함에 넣었고, 그렇게 해서 1등을 차지했다. 재기 넘치는 한편 현학적이고 이상한 말장난투성이인 이 시는 1930년 9월, 낸시 커나드와 리처드 앨딩턴(Richard Aldington)의 제안에 따라 저자 자신이 주를 단 소책자의 형태로 발간되었다. 이는 T. S. 엘리엇의 「황무지(The Waste Land)」(1922)를 본뜬 것이다. 「호로스코프」는 이후에도 베케트의 첨삭을 거쳐 길이나 일부 구절이 다른 네 가지 정도 판본으로 존재하는데, 본 선집에서 채택한 것은 최초 발간 당시의 모습, 즉 1930년 디 아워즈판이다. 가장 많이 알려진 판본이자 데이비드 휘틀리(David Wheatley)가 편집한 『시 선집』이 선택한 판본이기도 하다. 참고로, 롤러와 필링의 『시 전집』은 맨 나중의 첨삭본이면서 길이가 좀 더 긴(118행) 일명 레븐솔판을 본문에, 이 디 아워즈판은 보유에 실었다.

베케트가 데카르트의 '시간'(생의 에피소드들)을 다루기 위해 전거로 삼은 주요 자료는 아드리앵 바예(Adrien Baillet)가 쓴 『데카르트 선생의 생애(La Vie de Monsieur Descartes)』(1691)와 존 펜틀런드 머해피(John Pentland Mahaffy)의 『데카르트 (Descartes)』(1880)이다. 그가 죽을 때까지 서가에 간직하고 있던 L. 데브리콩(L. Debricon)의 『데카르트: 발췌 문집(Descartes: Choix de textes)』(1909) 역시 포함시킬 수 있다.

시의 제목에서 놓쳐서는 안 될 사항은, 그것이 통상적인 'horoscope(별점, 운명 풀이, 어원대로 해석하면 '시간[horo-]의 관찰[-scope]')' 앞에 '창녀'를 뜻하는 'whore'를 더해 만든 조어라는 점이다. 종교적이고 심오한 주제에 그와 대조되는 외설스럽거나 상스러운 단어들을 점철시켜 표현하는 것은 조이스가 즐겨 사용하던 방식이기도 하다. 콩쿠르 당시 낸시 커나드는 "시간을 위하여, 혹은 그에 반(反)하여" 시를 쓰라는 세부 조건을 내걸었다. 베케트는 이렇듯 이중적인 뉘앙스의 제목을 취함으로써 단순한 찬반 혹은 양자택일을 넘어 시간과 운명, 그리고 이를 대하는 인간 의지의 양면적이고 희비극적인 본질을 부각시키는 방향을 택했다. 프랑스어 판본 번역자 에디트 푸르니에는 이 시의 제목을 아예 'Peste soit de l'horoscope(운세 따위는 꺼져버려라)'로 대담하게 바꿔 번역했다.

3행: "보트 형제". 헤라르트 보트(Gerard Boot 혹은 Boate, 1604-50)는 영국 궁정 소속의 네덜란드 출신 의사, 그의 동생 아르놀트(Arnold Boot 혹은 Boate, 1606-53)는 생물학자. 이 둘이 아리스토텔레스를 반박하는 논문을 발표한 때는 1641년.

5-6행: 지동설로 잘 알려진 수학자이자 천문학자인 갈릴레오 갈릴레이(Galileo Galilei, 1564-641)의 아버지 빈첸초(Vincenzo Galilei, 1520-91)는 작곡가이자 류트 연주자로, 평행3도화음에 관한 이론서를 썼다. 아들 갈릴레이가 지동설 주장 때문에 이단으로 몰려 로마 가톨릭 재판에 회부된 것은 1633년의 일이다. 여기서 그 유명한 일화, 즉 그가 어쩔 수 없이 지구는 돌지 않는다고 한 다음 낮은 소리로 "그래도 지구는 돈다(Eppur si muove)"고 그 진술을 번복했다는 이야기가 나왔다. 10행은 이렇듯 재판정에서 의견을 번복한 갈릴레이를 데카르트가 비꼬아 흉내 내는 말로 짐작된다. 데카르트는 (적어도 표면상으로는) 지동설에 찬동하지 않았다고 한다.

7행: "납끈 흔드는(lead-swinging)"은 이중적인 말장난. 꾀병 피우는 게으름뱅이라는 관용어 'leadswinging'에 하이픈을 삽입해 갈릴레이가 시도했던 납(lead) 진자의 진동(swinging) 실험을 비꼰 것.

8행: "이런 제기랄!"은 이탈리아어 욕설 "Porca Madonna!"로 표현되었다.

13행: 파르마(Parma)산 햄 이름 '프로슈토(proscutto)'에 매춘을 뜻하는 'prostitution'을 합친 조어.

18행: 머해피의 저서에 의하면 데카르트는 눈사태에 대해 연구한 적이 있다(SBCP, 326면 참조). 피에르 가상디(Pierre Gassendi, 1592–655)는 데카르트의 반대편에 섰던 프랑스의 철학자. 천문학적 현상 관찰에도 흥미를 가져 논문집 『환일(幻日) 현상 또는 무리해(Parhelia seu soles)』를 펴냈다(1629). 환일 현상은 공기 속에 뜬 얼음의 결정에 태양빛이 반사, 굴절해서 일어나며, 그로 인해 진짜 태양과 같은 고도, 좌우 방향에 가짜 태양들(무리해)의 반영이 나타난다.

26행: 데카르트가 건조용 장롱(airing cupboard, 영국에서 온기를 지펴 그릇이나 옷가지를 말리는 데 쓰는 찬장)에 들어앉아 꿈을 꾸다가(1619년 가을) 『방법론 서설』의 기초를 착안했다는 유명한 일화를 빗댄 구절. 롤러와 필링은 머해피에 근거해 데카르트가 실제로 예수회파와 싸움을 벌인 것은 어쨌든 훨씬 더 나중인 1640년의 일임을 밝힌다(SBCP, 326면 참조).

27행: 프란츠 할스(Frans Hals, 1581–666). 네덜란드의 화가. 초상화 및 풍속화로 이름을 떨쳤으며, 스웨덴 궁정으로 떠나기 전 네덜란드에 살았던 데카르트의 초상을 그리기도 했다(1649년, 원본은 분실됨).

31행: 데카르트는 하녀 엘렌 장스(Hélène Jans)와의 사이에서 딸 프랑신을 낳았다(1640년 사망. PHEF, 20면 참조). "태아(foetus)"라는 표현은 데카르트가 『인간과 태아의 형성에 관한 이론(Tractatus de homine et de formatione foetus)』(1677)을 쓴 사실을 상기시킨다. 이 논문에서 데카르트는 하비(아래 설명 참조)와 유사한 혈액순환론을 전개했다(SBCP, 326면 참조).

39행: 윌리엄 하비(William Harvey, 1578–657)는 1628년에 혈액순환의 기작을 밝힌 『동물의 심장과 혈액의 움직임에 관한 해부학적 연구(Exercitatio Anatomica de Motu Cordis et Sanguinis in Animalibus)』를 펴냈다.

41행: 데카르트는 1603년 앙리4세가 세운 예수회 소속 콜레주

드 라플레슈(Collège de La Flèche)에 1606년 입학해 1614년까지 철저한 중세식 교육 및 인본주의 교육을 받았다. 베케트는 '라플레슈'가 보통명사로는 '화살'을 뜻하는 데 착안해 이 대목을 영어로 "the crypt of the arrow"라 말장난했다.

46-7행: 앙코나 근처 로레토의 산타 카사(Santa Casa) 대성당을 가리킨다. 이곳은 성모마리아가 살던 집이 있어 로마 가톨릭의 성지로 꼽힌다. 1619년 성 마르틴 축일 전야(11월 10일경)에 부대로 복귀 중이던 데카르트는 노이베르크에서 인생의 방향을 결정하게 될 기이한 꿈 세 가지를 연달아 꾸었다. 그런 후 그는 이성의 빛에 따른 진리 탐구가 자신이 갈 길이라 확신했고, 그의 정신을 밝혀 절대적으로 확실한 진리를 발견할 수 있도록 해준다면 로레토로 순례를 떠나겠다고 서약했다

52행: 머해피의 『데카르트』와 「호로스코프」의 관계를 연구한 도허티(F. Doherty)의 보충 설명에 따르면, 네덜란드 체류 당시 데카르트는 수수한 검은 옷차림을 한 반면 명주 양말을 고수했다고 한다(SBCP, 327면에서 재인용).

55행: 장미십자회는 17세기 초 특히 독일을 중심으로 퍼졌던 신비주의 비밀결사체. 반가톨릭적 교리를 표방하고 그리스도의 부활과 구속을 뜻하는 장미와 십자가 문장이 그려진 기를 사용했다고 전해지지만 그 기원과 역사에 대해서는 확실하게 알려지지 않았다. 바예의 전기에 따르면 데카르트는 1619-20년 겨울에 이 비밀결사체에 관한 이야기를 들었다. 그는 당시 진리 추구 과정에서 큰 혼란에 빠져 있던 터라 즉시 이 형제회와의 만남을 시도했다. 결국 접촉에 실패했음에도 1623년 데카르트가 파리에 되돌아왔을 때는 그가 장미십자회 소속 회원이라는 소문이 퍼졌다(윌리엄 R. 셰어[William R. Shea], 「데카르트와 장미십자회의 계몽[Descartes and the Rosicrucian Enlightenment]」, 『17-8세기의 형이상학과 과학철학[Metaphysics and Philosophy of Science in the 17th and 18th Centuries]』, 43권, 웨스턴 온타리오 대학교 과학철학 시리즈[The University of Western Ontario Series in Philosophy of Science], 스프링어[Springer], 1988, 73면).

61행: 본(Beaune)산 와인과 호비스(Hovis, 영국산 빵).

65행: 데카르트는 도전장을 던진 아르노(1612-94, 당시 장세니즘을 대표하던 신학자이자 철학자, 수학자)에게 답하기를(베케트의 주 참조), 우리의 전 지각은 촉각(touche)의 변형이라고 했다. 이는 저 유명한 아리스토텔레스의 학설과 동일선상의 관점이기도 하다. 이로부터 머해피가 정리한 데카르트의 입장은: 따라서 이것이 사실이라면, 우리의 정신 속에 빵과 포도주에 대한 감각을 생성하는 것은 요소들의 표면, 오로지 그 표면일 수밖에 없다(SBCP, 327면에서 요약 재인용).

66-7행: 베이컨의 4대 우상(올바른 인식 과정에 방해가 되는 편견들) 중 '동굴의 우상'(자기의 경험에 비추어 세상을 판단하려는 개인적인 오류와 편견)을 빗댐.

68-9행: 슈르만은 예수회 창시자인 로욜라의 좌우명 "amor meus crucifixus est(나의 사랑이 십자가에 매달리셨도다)"를 자신의 순결 서약으로 삼았는데, 이 점이 베케트의 흥미를 끈 것으로 보인다(SBCP, 327면 참조).

70행: "오호애재라! 오호통재라!"는 독일어로 "Leider! Leider!"라 표기됨.

72-4행: 데카르트는 코기토의 선구라 할 아우구스티누스의 『신국(De civitate Dei)』 도입부, "내가 틀리더라도, 나는 존재한다(Si enim fallor, sum)"를 지침 삼아 방법적 회의를 전개했다. 그는 문제의 요소들을 빠짐없이 제기/제거하는 매거(枚擧)를 진리 탐구 '방법'의 네 번째 규칙으로 제시하고(베케트의 77-83행 관련 주 참조), (의심하고 있는 중에도 의심하고 있는 자신의 존재를 의심할 수 없다는 점에서) "나는 의심한다, 고로 나는 존재한다", "나는 속는다(신이 속이는 존재라면), 고로 나는 존재한다" 등의 단계를 거쳐 "나는 생각한다, 고로 나는 존재한다(Cogito, ergo sum)"에 이른다. 다만, 「호로스코프」에서 베케트는 자기 시대의 회의주의를 반격하기 위해 고안된 아우구스티누스의 원문구를 비틀어 인용함으로써("나는 속는다, 고로 나는 존재한다") 그것을 그다운 존재 역설의 명제로 만들었다.

75행: 『고백록(Confessiones)』에 의하면 아우구스티누스는 어린이들이 "Tolle, lege(집어 들어 읽으라)"라고 암송하는 구절을 듣고 회심했다. 이 라틴어로 익살("tolle'd and legge'd")을 부린 것.

76행: 레뎀프토르회(Redemptorist, 1732년 성 알폰수스 마리아 데 리구오리가 창설한 구속주회)와 19세기 중반에 발명된 조끼(waistcoat)는 사실 시대적으로 서로 부합하지 않는 항들이다.

80행: "어지자지"로 옮긴 원어는 'concierge'. 베케트는 '수위', '관리인' 등을 지칭하는 이 단어가 프랑스어에서 여자와 남자의 성기를 가리키는 은어 둘이 결합된 꼴(con + cierge)이기도 하다는 걸 알고 재미있어 하며 종종 사용했다.

81행: 조아킴(Joachim). 롤러와 필링은 이 이름에서 신비주의적 삼위일체론과 천년사상으로 유명한 중세 철학자 피오레의 요아킴(Gioacchino da Fiore)을 환기할 수도 있다고 추측하나, 무엇보다도 데카르트의 부친 이름이 조아킴이다.

82행: "낡지도 새롭지도 않은"은 아우구스티누스의 『고백록』에서 가장 유명한 구절이라 할 10권 27장의 "늦게야 당신을 사랑하게 되었나이다, 오 이토록 오래되고 이토록 새로운 아름다움이시여"를 빗댄 것으로 보인다. 한편, 하비의 설명에 의하면, 데카르트는 우리의 '완벽'의 관념에 기대어 신을 증명하려 했는데, 77-83행에서 베케트는 그 사실을 시적 변용으로 표현하려 한 것으로 보인다(하비, 31면).

83행: 이 "크고 귀하게 빛나는 장미"는 『신곡』 중 「천국」에 나오는 천상의 장미(30-2곡)를 인용한 것.

87-8행: 달걀은 유산된 어린 새, 즉 고기가 아니므로 생선용 포크로 먹겠다. 금요일에는 고기를 먹지 않도록 하는 가톨릭 교리와, 부화 추이를 놓고 볼 때 달걀은 고기(병아리)인가 아닌가를 따지던 논란을 비꼰 말장난. 데카르트의 '먹기'와 관련된 구절들이 이 장시 곳곳에 포진되어 있는바(도입부, 60-1행, 66행 등), 이는 제 자식들을 먹는 크로노스의 테마, 다시 말해 인간을 비롯해 모든 것을 잡아먹는 시간(Tempus edax rerum)과 연결된다. 공모전의 주제인 '시간'의 핵심을 베케트가 어떻게 이해하고 있는지 알려주는 사항.

90행: 원문은 "I will (…) move moving". 10행 참조.

91행: 라합은 예리코(여리고)의 창녀(「여호수아서」 2장
참조). 크리스티나 여왕은 1655년 12월 교황의 집전 아래 로마
가톨릭으로 개종했고, 그로부터 2년 후에는 냉정하게도 자신의
애인이었던 이탈리아 출신 모날데스키 후작을 죽였다. 시에서
눈 나라의 창녀(whore)나 살인마라는 수식이 등장하는 것은
이런 일련의 사건들에 기인한다. 그런데, 데카르트가 스웨덴
궁정에 머무른 기간은 실제로는 이 일들이 일어나기 전인
1648–50년이고, 더욱이 그는 1650년에 사망한다. 롤러와
필링은, 그렇다면 시의 마지막에 이르러 화자 데카르트는 임종이
닥친 순간에 미래의 여왕에게 벌어질 일을 예언하고 있는 셈이
되며, 이는 결국 시의 제목과도 잘 맞아떨어진다는 결론에까지
이른다(SBCP, 328면 참조). 데카르트 자신은 점성술이나 예언을
몹시도 싫어해 그 누구도 자기의 운명을 읽어내지 못하도록(시
마지막 행 참조) 생년월일을 철저히 감췄으니(베케트의 주 참조),
제목과 마지막 구절의 울림은 상당히 복합적이다.

94행: 프랑크족, 즉 프랑스인. 바예의 전기에 의하면
데카르트는 자락(刺絡)을 권하는 주변인들에게 실제로 이렇게
말했다고 한다. 그가 이 치료법을 받아들였을 때는 이미 너무 늦은
뒤였다.

95–6행: 한편으로는 『신곡』의 「연옥」에서 나선형 계단을
오르는 베르길리우스와 단테에 대한 비유이고(PHEF, 21면 참조),
다른 한편으로는 '페롱'의 동음이의어 효과를 노린 말장난이다.
일반명사 'perron'은 '계단'의 뜻을 지니고, 데카르트는 르 페롱(Le
Perron)의 영주이기 때문이다. 르네(René)는 물론 데카르트의
이름. 뿐만 아니라, 그는 진리를 탐구하기 위한 네 가지 규칙 중
세 번째 항으로 "내 생각들을 순서에 따라 이끌어 나아가되, 가장
단순하고 가장 알기 쉬운 것에서부터 시작하여 계단을 올라가듯
조금씩 위로 올라가, 가장 복잡한 것들의 인식에까지 이를
것"이라는 방법을 제시하기도 했다.

◆　「금언(Gnome)」
1934년 『더블린 매거진』 9호(7–9월)에 처음 실린 시. 원제

'gnome'은 이 시의 교훈 형식이 시사하듯 (그리스어 'γνωμει'에서 온 문어체 단어인) '경구', '금언'의 의미를 지닌다. 라틴어 'gnomus'에서 파생된 동음이의어 '놈'(gnome, 땅 밑에 살며 지하 금은보화를 관리하는 추한 난쟁이 요정)을 함께 연상시키기도 한다. 교훈은 교훈이되, '나쁜 쪽'을 권하는 아이러니컬한 교훈.

◆　「카스칸도(Cascando)」

1936년 『더블린 매거진』 11호(10-12월)에 처음 발표된 시. 'cascando'는 '추락하다', '땅에 떨어지다' 등의 의미를 지니는 이탈리아어 동사 'cascare'의 현재분사. 베케트는 이 단어를 그리 흔치 않은 음악 용어로, 즉 소리의 세기나 속도를 줄이라는 지시어로 사용했다. 동명의 1963년 작 라디오극 「카스칸도」는 주제와 내용이 이 연애시와 전혀 다르다. 베케트의 1937년 2월 7일 자 일기를 참조할 때('독일 일기[German Diaries]'의 "팔리 에피소드"), 이 시와 관계된 여인은 미국인 베티 스톡턴 팔리(Betty Stockton Farley)로 짐작된다(SBCP, 352면 참조). 그러나 이 독일 체류기에 그가 몹시 고심했던 사항은 실연이 아니라 전반적인 시 창작 문제였다. 1936년 8월의 베케트는, 연습 겸 어쩌면 독일에서 작품을 출판할 길이 열릴까 하는 생각에, 같은 시를 축소해 독일어로 직접 번역해보기도 했다(그 자신이 독일어로 번역한 유일한 작품으로, 독일어 제목은 'Mancando'. SBCP, 351면 참조). 롤러와 필링의 고증은 '카스칸도'의 문헌적 맥락에 결부된 다른 흥미로운 단서도 제공하는데, 그것은 이 무렵 베케트가 각종 고전들의 인용문과 레퍼런스 등을 뽑아 옮겨 적은 수첩에서 확인된다. 『머피』 집필의 마지막 시기라 추정되는 1936년에 작성된 이 수첩은 편의상 '호로스코프' 노트('Whoroscope' Notebook)라 분류되며, 필링에 의하면, 베케트가 「호로스코프」에서 『머피』로 넘어가는 단계를 보여주는 자료다(「'내삽[內揷]을 위하여': 베케트와 영문학['For Interpolation': Beckett and English Literature]」, 『사뮈엘 베케트 투데이 / 오주르뒤[Samuel Beckett Today / Aujourd'hui]』, 16권, 레이던[Leiden], 브리[Brill] / 로도피[Rodopi], 2006, 203면 참조). 여기에 베케트는 호라티우스의 『시학』 294행을 인용해 "Cascando: praesectum decies ad unciam"이라 쓰고 특히 마지막 단어를 두 번 밑줄 그어 강조해놓았다. "카스칸도: 10분의 1씩, 단 1온스만 남을 때까지 제거해나갈 것."(SBCP, 350면 참조) 무릇 시인은 정확도를 위해 지극히 정교하고 세밀하게 작업해야 한다는 호라티우스의 가르침을 새기되, 완성을 향한 각고의 노력에도 불구하고 결과는, 작품 내적으로든 수용의 측면에서든, 수포로 돌아갈 수 있다는 사실을 곱씹는 베케트의 내면이 드러난다. 하비는 「카스칸도」의 시적 성취도를 높이 평가하는 동시에, 이 시가 베케트가 영어로 직접 (곧장) 쓴 마지막 시라고 보았다. 그에 따르면, 이후 베케트는 거친 현학의 경향을 극복하고 그다음 시기(해방 후, 「생로」의 단계)로 이행한다.

4행: 「베드로후서」 1장 8절 참조. "이런 것이 너희에게 있어 흡족한즉 너희로 우리 주 예수그리스도를 알기에 게으르지 않고 열매 없는 자가 되지 않게 하려니와."

  12행 : "아홉 날이 지나도". 제아무리 떠들썩한 일도 아흐레면 잊힌다는 서양 속담에서 비롯된 표현.

◆ 「판돈(Ooftish)」
1938년 봄, 『트랜지션(transition)』 27호(4-5월, 10주년 기념호)에 처음 발표된 시. 그 전해인 1937년 7월 쓰였을 것으로 추정된다. '판돈'으로 옮긴 'ooftish'는 이디시어 속어 'ooftisch(돈)', 또는 독일어 'auf dem Tisch('그것을[네 돈을] 테이블 위에 올려놓아라', 혹은 '네 패를 보여라', '맹세하라' 등의 의미)에서 파생된 도박 용어. 베케트는 아버지를 따라 블랙로크의 올 세인츠 교회(All Saints Church)에 갔다가 이 시의 착상을 얻었다. 그날 목사가 고백하길, 한 죽어가는 병자를 방문했는데 그에게 해줄 수 있는 얘기라곤 예수의 십자가형은 시작에 불과할 뿐, 말하자면 각자가 자기 몫의 '출자금'을 내야 한다는 것밖에 없었다는 것이다(놀슨, 80면 참조). 베케트 자신은 초기 시들 중 「판돈」, 「금언」 및 「집으로 가지, 올가(Home Olga)」(본 선집에는 포함되지 않음)를 마뜩치 않게 여겨, 이 세 편을 1961년의 칼더(Calder)판 시 선집에 수록하는 데 주저했다고 알려져 있다.

2행: "가짜 알(potegg)". 하비는 이를 '가금류를 위한 모형 알(a dummy nest egg for a fowl)'로 풀어 설명했다. 'nest egg'는 '특정 목적을 위해 따로 챙겨둔 비축금, 비상금'을 의미하는 속어이기도.

    7행: 토가(toga)는 고대 로마 시민이 입던 헐렁한 겉옷. '토가 비릴리스(toga virilis)' 혹은 '토가 푸라(toga pura)'는 남자가 만 14세가 되면 입는 흰색 토가를 가리킨다. 『베케트의 '꿈' 노트』(1999, 필링이 편집한 베케트의 1930-2년 공책. 1천 200항목에 달하는 인용과 코멘트 등이 작가 자신에 의해 기록되어 있어 『머피』 이전 청년기 창작물뿐만 아니라 이후 본격적인 작품들을 재조명하는 데에도 중요한 자료다.)에는 P. 가르니에(Pierre Garnier, 1819-901) 박사가 쓴 『성행위의 위생. 혼자 혹은 둘이서 하는 수음, 그 제반 형태 및 결과들(Hygiène de la génération. Onanisme, seul et à deux, sous toutes ses formes et leurs consequences)』(1883)에서 뽑은 문장 다수가 인용되어 있고, 이 구절은 그중에서 하나를 택해 응용한 것이다.

◆ 「생로(Saint-Lô)」
단 네 줄에 불과한 「생로」는 베케트가 쓴 시들 가운데 가장 높이 평가되는 작품 중 하나다. 연구자들의 평가를 굳이 염두에 두지 않더라도, 해방을 기점으로 본격적으로 발화하는, 그리고 우리가 베케트 본연의 것이라 생각하는 개성이 잘 드러나는 작품이다. "기이하고도 가슴 뭉클한 시(Strange and moving poem)."(H. O. 화이트[White]) 원문이 장식 없이 간결한 데 반해 통사 구조가 난해하고 어휘들 간 내적 조응이 긴밀해서 번역으로 제 아름다움을 많이 잃는 시이기도 하다. 1946년 『디 아이리시 타임스(The Irish Times)』에 처음 발표되었고, 이 당시 버전은 5행으로 구성되었다.
    생로는 프랑스 북서부 노르망디에 위치한 도시. 전쟁 시 연합군의 폭격으로 하루아침에 폐허가 되었다. 전시 프랑스에서 적극적으로 레지스탕스 활동을 했던 베케트는 해방 후 아일랜드로 돌아가 적십자에 자원하고, 이어 아일랜드 적십자 병원이 들어서기로 결정된 생로, 이 "폐허의 수도(The Capital of the Ruins)"(그는 이 제목으로 라디오 대담용 글을 한 편 썼다.)로 온다. 그는 1945년 여름부터 6개월간 통역사 겸 창고관리인, 물품 전담원, 운전사로 일했을 뿐만 아니라 병원 건립에 요구되는 고된 노역에 전방위로 참여하면서 도시에 닥친 불행을 목격하고 경험했다. 이 시는 그가 1946년 1월 파리의 아파트로 복귀한 후 그 폐허와 혼돈의 기억을, 나아가 그 자신이 수년에 걸쳐 겪었던 전쟁과 학살, 방황과 도주와 죽음의 기억들을 디디고 쓴 것이다.

1행: 비르(Vire)는 생로를 관통해 흐르는 강. 프랑스어에는 '선회하다'의 뜻의 'virer' 동사가 있다. 또한 이 강 이름은 형태나 뜻에서 영어의 'veer'와, 그리고 본문 1행에서 베케트가 쓴 'wind'(감아 돌다) 동사와 정확히 들어맞는다.

　　3행: "망령을 저버린 늙은 머리(old mind ghost-forsaken)". 다음 시 「항소화제」 13행에서와 마찬가지로, 단어 'mind'의 번역은 '마음'이나 '정신'보다는 '머리'가 더 적절하리라 여겨진다. 프랑스어 판본에서 푸르니에는 해당 단어를 'crâne(두개골)'으로 번역했다. "forsaken(버림받은)"이라는 표현, 나아가 이전 세대의 죽음과 다음 세대를 통한 세계의 재건 가능성 사이를 관통하며 비통하면서도 신비한 예언적 의지로 노래하는 「생로」 전체의 정서는 "어두운 과거로부터 / 한 아이가 태어나네(Of the dark past / A child is born)."로 시작하는 조이스의 저 빼어난 시 「이 아이를 보라(Ecce Puer)」를 떠올리지 않을 수 없게 한다(실제로 베케트는 조이스가 몸소 읊은 이 시에 큰 감명을 받아 만년에도 이를 암송할 수 있었다). 「이 아이를 보라」의 마지막 연 마지막 두 행은 이렇게 끝맺는다. "오, 버려진 아버지여, / 당신의 아들을 용서하소서!(O, father forsaken, / Forgive your son!)" 알려진 대로, 조이스가 시(詩)로 돌아온 그날은 그의 손주가 태어난 기쁜 날(1932년 2월)인 동시에, 부친의 사망(1931년 12월)이 아직도 생생한 애통의 날이기도 했다. 조이스의 같은 시에서 3연의 "어린 생명의 입김이 / 거울에 서리네(Young life is breathed / On the

glass)"는 특히 베케트의『에코의 뼈들 그리고 다른 침전물들』중
「이어 날이 밝았으니」와도 비교해봄 직하다.

◆　「항소화제(Antipepsis)」
이 시의 경우 집필 시기에 대해 의견이 엇갈린다.『시 선집』을
편집한 휘틀리는, 타자기로 친 이 시의 원고(레딩 대학교 소장)에
"1946년, 생로 이후(After Saint-Lô 1946)"라는 베케트의
손글씨가 적혀 있기는 하지만, 첫 단편집『발길질보다 따끔함』이
이내 아일랜드에서 금지당한 후(즉 1934년경) 그에 대한 응답의
일환으로 썼으리라는 견해를 비친다. 시의 어조와 분위기가
1930년대의 베케트와 훨씬 더 닮아 있음은 사실이다. 반면『시
전집』을 편집한 롤러와 필링은 이 작품을 베케트가 아일랜드
적십자 병원과 계약을 체결하던 무렵의 정황이 반영된—아마도
1945년 7월 12일 병원의 위원회에 처음 다녀오고 난 즈음의
소회를 담은—시로 분류했다. 생로 병원에서의 베케트의 궤적을
집중적으로 다룬 전기 연구서로는 당시 그의 병원 동료였던
짐 개프니(Jim Gaffney) 박사의 딸 필리스(Phyllis Gaffney)가
쓴『폐허 한복판에서의 치유: 생로의 아일랜드 병원(1945-
6년)(Healing Amid the Ruins: The Irish Hospital at St-Lô
[1945-6])』(A. & A. 파마[Farmar], 2000)가 흥미로운데, 롤러와
필링 역시 이 저서의 단서들을 참조하고 있다.「항소화제」는
베케트 사후 발표되었다(『미터['음보']: 국제 시지[Metre: a
magazine of international poetry]』3호, 1997년 가을).

　　원시는 잇닿는 두 행 단위로 운이 맞춰져 있으며(즉 평운[rimes
plates]), (불규칙한) 8음절 시구(octosyllabe, 얼추 4음보의 리듬을
갖게 된다.)의 정형성을 갖추고 있다. 이는 버틀러에서 스위프트나
조이스에 이르기까지, 풍자시가 전형적으로 차용하는 형식이다.
원제 'antipepsis'는 소화를 의미하는 그리스어 단어 'pepsis'에
접두사 'anti-'를 붙여 만든 베케트의 조어.

1행: 세인트 스티븐스 그린(St Stephen's Green)은 더블린
중심부의 공원이기도 하지만, 롤러와 필링은 이 시에서는 생로의

아일랜드 적십자 본부를 가리킨다고 설명한다. 베케트는 약간
비틀어서 "the green of holy Stephen"이라 표현했는데, 이 덕분에
(또 이하 영어 원문에서 발견되는 "연뇌막[pia mater]", "순수의
동정녀[Purissima Virgo]" 등의 구절 덕분에) 더블린 문학계를
비꼰 조이스의 풍자시 「성직(The Holly Office)」(1904)과도
연결된다(SBCP, 391면 참조).

　　3행: 롤러와 필링은 개프니의 고증을 인용해 "궁둥이"와
"수레"는 적십자 병원을 구성하는 두 항, 즉 인적 장비와 물적
장비라 설명한다(SBCP, 392면 참조).

　　6행: 기획 즉 디자인(design)의 기호(sign). 역시 개프니를
통해 베케트의 생각을 참조하면, 그 기획은 "머리의 기작을
드러낸다"(SBCP, 392면에서 재인용).

　　16행: 베케트는 맥그리비에게 "난잡(promiscuity)"과 "폐허
속의 무절제한 폭음(intemperance among the ruins)"이라는
말로 생로 병원의 분위기를 묘사했다(개프니의 저서 55면, SBCP,
393면에서 재인용).

　　21행: "아이고(Ochone)!" 한탄을 표현하는 게일어. 만년의
베케트가 편지글에서 자주 썼던 감탄사이기도.

　　23행: 서구인들에게는 고전적인 향수를 불러일으킬 뮤지컬
「팔 조이(Pal Joey)」(1940년 초연)의 유명한 노래 「마법에 홀린
듯(Bewitched)」 후렴구("나는 홀딱 빠졌네, 안절부절못하네, 어쩔
줄 모른다네[Bewitched, bothered and bewildered, am I]")를
비튼 것. 그런가 하면, "Bewildered"는 베케트가 1946년 6-7월 시
「생로」의 의미를 설명하기 위해 『디 아이리시 타임스』에 세 차례
편지를 보내면서 사용한 가명이기도 하다(SBCP, 392면 참조).

　　24행: 역병이 도는 시기에 사람들이 주문처럼 외쳤던 전통
성구의 변용(SBCP, 393면 참조) .

◆　「무언가 저기에(Something there)」
"두개골 밖 홀로 그 안(hors crâne seul dedans)"으로 시작하는
12행 4연 구성의 프랑스어 시(1974년 3월 1일, 케이 보일[Kay
Boyle]에게 그 완성을 알림)에 병행해 쓴, 그 "좀 더 어둑한

자매편(a rather dimmer companion)"(1974년 3월 7일, 리비에게 상술). 이 두 시와 이어지는「두려움에 도리질(dread nay)」은 창작 시기와 주제 면에서 한 묶음을 이룬다. 베케트로서는 드물게도, "두개골 밖 홀로 그 안"과「두려움에 도리질」을 같은 출발점에서 구상해서 작업 또한 나란히 진행했다(SBCP, 441면 참조). 지독히 추운 새해 첫날(1974년 1월 1일), 지옥에서 가장 깊은 마지막 원, 둘째 구역인 안테노라(Antenora)의 얼음 구덩이에 갇혀 요란하게 떠들어대는, 즉 딱딱 이를 부딪히며 떠는(chattering) 보카 델리 아바티(Bocca degli Abati)의 머리(『신곡』 중「지옥」, 32곡)를 떠올린 것이 발단. 이 시는 '머리(두개골), 그것의 갇힌 잠(피신과도 같은 무지각 상태), 그리고 외부의 자극에 돌연 깨어나 반응하는 지각(눈, 다시 잠듦)'이라는 부단한 움직임의 도정을 클로즈업된 영상처럼 드러냈다.「무언가 저기에」는 1975년『뉴 디파처스(New Departures)』지 8월 호에 "1974년 1월"이라 명시되어 처음 발표되었다.

19행: "하여 간-간-이"로 옮긴 원시구는 "so the odd time (때때로)". 짝 맞지 않는 기이한 시간.

　　23-6행: 이 부분의 원문은 "as if / something / not life / necessarily"이고, 마지막 26행 때문에 모순이 양립하는 '기이한 시간'이 펼쳐질 수 있다. 즉, 26행이 어디에 걸리느냐에 따라 절대부정(반드시 생명이 아닌)의 의미와 부분부정(반드시 생명 아닌 건 아닌)의 의미가 동시에 성립 가능해진다.

◆ 　「두려움에 도리질(dread nay)」
베케트는 "두개골 밖 홀로 그 안"을 쓰기 시작한지 한 달 후 체계적으로「두려움에 도리질」집필에 들어갔다. 그는 초안을 위한 메모들을 네 개 항목 아래 정리한바, 그 항들은 각기 1. 머리(Head), 2. 머리의 위치(Position of Head), 3. 논쟁(Argument), 4. 머리의 안쪽(Inside of Head)이다. 2항 섹션에 보카의 이름이「지옥」의 출처와 함께(XXXII, 44-5와 XXXIII, 1-2) 재차 명명되어 있다. 작업 진행에 따라 분류

항목들은 여덟 부분으로 구체화되고 그 밑으로 한층 세부적인 내용의 메모들이 정렬된다. 이런 식으로 작품이 점차 틀과 방향을 갖춰 나가는 과정의 애로는 그가 (라디오와 일하게 된 1950년대 중반 무렵부터 연인이자 긴밀한 문학적 조언자 역할을 한) 바버라 브레이(Barbara Bray)에게 보낸 서신들을 통해 확인된다. 4월 3일, 베케트는 그녀에게 자신이 "이 바보 같은 시의 수렁에 빠져서 꼼짝 못 하고(bogged down in these silly poem)" 있다고 썼으며, 지지부진한 끝에 4월 16일 또는 18일에는 "시 포기함(Poem abandoned)"이라고 선언한다. 6월 3일이 되기까지 그는 계속 '초안 10'(끝에서 두 번째 초안)에 머물러 있었다(이상 SBCP, 443면 참조). 프랑스어로 이 시를 「두려움의 거부(déni d'effroi)」라 옮긴 푸르니에는 이 시가 베케트의 인물들이 항구적으로 내몰리는 싸움, 다시 말해 포기와 인내 사이의 사투를 형상화했다고 보았다(PHEF, 42-3면). 그 싸움이 초래하는 비탄과 고통이 그들 안에 끊임없이 포기라는 거대한 수렁을 열지만, 그 심연에의 위험한 유혹은 즉각적으로 부정되고, 무로 폐기된다는 것이다. 그리하여 그로부터 베케트 특유의 계속하리라는 끈기, 계속해야만 한다는 용기가 도출된다는 결론. 「두려움에 도리질」은 1977년 『영어와 프랑스어로 쓴 시 전집(Collected Poems in English and French)』(칼더)에 처음 수록되었다.

25-32행: 『신곡』중 「지옥」 32곡 8행 "황새 소리를 내며 이빨을 부딪쳤다", 46-8행 "그들의 눈은 처음에는 안에만 젖더니 / 눈물방울이 입술을 적셨고, 추위가 / 눈물을 얼려 서로 뒤엉키게 했다." 등 참조(열린책들, 264면).

◆ 「라운덜레이(Roundelay)」
1976년 7월 지어져 9월 『모던 드라마(Modern Drama)』지 19호에 처음 발표되었다. 프랑스의 정형 단시 '롱도(rondeau)'에 상응하는 라운덜레이는 규칙적으로 반복되는 후렴을 가진 짧은 노래 또는 원무를 말하며, 시 형식으로서는 10행 혹은 13행 구성에 두 개 운을 포함한다. 첫 행을 여는 구절이 (운을 맞추지 않은) 두 차례의 후렴이 된다. 이 시에서는 7행과 11행에 반복되는 "저 온 물기슭 따라(on all that strand)"가 이에 해당한다.

침묵과 교차하며 마치 그것에 유동적 구두점을 찍는 듯한 발소리. 걸음의 울림, 가까워지거나 멀어지는 발소리들의 궤적과 리듬은 베케트의 공간 구성에서 중요한 역할을 담당하는 요소다.

◆ 「저녁에(thither)」
1977년 칼더판 『영어와 프랑스어로 쓴 시 전집』에 처음 실렸다. 「라운덜레이」와 흡사하게 리드미컬한 반복적 변용의 효과에 기댄 시. 푸르니에는 시의 배경을 이렇게 소개한다. 유년기 기억의 회귀. 봄이 오면 더블린 근방의 언덕과 계곡을 가득 뒤덮는 황금빛 수선화들의 물결이 그것이다(PHEF, 44면 참조). 삼사월에 피는, 아마도 어린이의 눈에 놀람과 찬탄을 한 가득 안기는 최초의 노랑. 아직 좁지도 숨 막히지도 않는 고향에서, 누런 얼룩이 아니라 영롱하게 빛나는 봄기운의 영원한 행진이었을, 노랑들의 군단.

1행: 원제와 마찬가지로, 'there' 대신 옛 말투 'thither'를 썼다.
2행: 원문은 관용구 'a far cry'(먼 거리, 멀리).
9행: "그 너머 녘" 또한 고어인 'thence' 사용.

◆ "어느 깊은 밤(one dead of night)"
1977년 6월 26일, 텔레비전용 스크립트 두 편 「고스트 트리오(Ghost Trio)」와 「오직 구름만이…(...but the clouds...)」 연출을 위해 슈투트가르트에 머무르면서 쓴 시. 베케트 사후 1996년 9월 『포이트리 리뷰 86.3(Poetry Review 86.3)』에 처음 발표되었다. 깊은 밤, 책을 보다 말고, 그 어둠에서 다른 어둠을 보기 위해, 자신의 것이 아닌 손으로 아득히 감기는 눈. 이 시는 형식과 길이의 차이는 있으나 『풀피리 노래들(mirlitonnades)』과 연계되며, 「오하이오 즉흥곡(Ohio Impromptu)」이나 베케트의 맨 마지막 작품 「떨림(Stirrings Still)」과도 비교할 만하다.

16-7행: "for good or ill / for good and ill"(일상에서는 같은 뜻).

◆ "저기(there)"

1981년 작. 1982년 『뉴 디파처스』지 14호에 'ㅍㅅㅅ(pss)'라는 제목으로 수록되었다. 이때는 "다시 사라지다(again gone)"로 시작하는 다음 시, 그리고 "두 손 위에 머리(head on hands)"로 시작하는 또 다른 시와 함께 묶여 실렸으나, 이후 베케트 수첩 '우언록'의 검토를 통해 이것들이 각기 독립된 시들임이 밝혀졌다(SBCP, 468면 참조). 롤러와 필링의 경우는 자신들이 편집한 『시 전집』에 이 유형의 조각 시들(즉 본 선집에서는 각기 "저기", "두 손 위에 머리", "다시 사라지다", "떠나다 어디거기 이전에 모르던"으로 시작하는 시들과 「짧은 꿈[Brief Dream]」이 이에 해당한다.)을 "영어로 쓴 '풀피리 노래들'('mirlitonnades' in English)"로 분류해 넣었다(SBCP, 221-3면). "저기"로 시작되는 이 시는 셰익스피어의 「말괄량이 길들이기(The Taming of the Shrew)」 4막 1장에서 페트루키오가 던지는 질문 "이제껏 내가 산 삶이 다 어디로 갔는가?(Where is the life that late I led?)"(어제까지의 총각 시절을 더는 찾을 길이 없다는 뜻)에 대한 베케트 나름의 대답이다.

◆ "다시 사라지다(again gone)"

이 말토막들의 간헐과 점멸은 시작과 끝 사이를 한없이 오가는 로킹체어의 움직임(가령 단편영화 「필름」의 흔들의자). 또는, 말의 발생이라는 스위치의 계속적인 온-오프 작용. 이 시의 언어 효과는 차라리 원문으로 직접 확인하는 편이 낫겠다. 한 행과 다음 행의 의미와 통사가 끊어지면서 연결되고, 그런 중첩과 더불어 말들의 뒤집기가 끝없이 꼬리에 꼬리를 문다. 내용이 곧 형식.

again gone
with what to tell
on again
retell

◆ "떠나다 어디거기 이전에 모르던(go where never before)"
휘틀리에 의하면 1987년 1월 24일 완성한 시. 1990년 네덜란드
흐로닝언(Groningen) 대학교의 『베케트 저널(Het Beckett Blad)』
1호에 복제판 형식으로 공개되었다. 이후 같은 시의 프랑스어
원본인 「거기에(Là)」(휘틀리에 의하면 1987년 1월 19일에, 롤러와
필링에 의하면 1987년 9월 17일 완성되어 21일 놀슨 앞으로
송부되었고, "짐에게(For Jim)"라는 헌사에서 엿볼 수 있듯
다름 아닌 놀슨 자신에게 헌정된 작품이다.)와 함께 『베케트
연구지(Journal of Beckett Studies)』(1992년 1월, 1 & 2호)에
수록되었다(SBCP, 471면 참조).

◆ 「짧은 꿈(Brief Dream)」
1989년 4월 13일(베케트의 83세 생일), 그의 허락하에 아일랜드
지면에 처음 실린 것으로 되어 있으나, 보다 널리 통용된 첫
발표지는 1992년의 『베케트 연구지』(1992년 1월, 1 & 2호)(SBCP,
471면 참조). 원문은 훨씬 노래에 가까운 형식을 지녀, 3박자의
리듬에 (한국어로는 모음을 맞추는 시늉에서 그쳤지만) 'abcbac'의
각운을 취하고 있다. 앞서 베케트는 그가 매우 좋아하던 노래인
슈베르트의 「밤과 꿈(Nacht und Träume)」에서 제목을 빌려와
꿈꾸는 자와 그의 짧은 꿈에 관한 텔레비전용 스크립트를 쓰기도
했다(1982년).

시들, 풀피리 노래들

시들

"그녀들이 오네"

그녀들이 오네
다르고 또 같게
매번 다르고 또 같네
매번 사랑의 부재는 다르네
매번 사랑의 부재는 같네

(1937 / 1946)

"차분한 행동은 그녀에게"

차분한 행동은 그녀에게
교양 있는 모공 참한 섹스
기다림은 너무 느리지 않게 후회는 너무 길지 않게 부재는
현존을 섬기고
5   머릿속의 몇 점 누더기 창공 마침내 죽어버린 마음의 지점들
멎어가는 비의 온통 뒤늦은 은총
밤이 내릴 무렵
팔월에

비워지는 건 그녀의 몫
10   그는 순수한
사랑의 공백

(1937-9 / 1946)

"턱도 이빨도 없이 이러고 있는데"

턱도 이빨도 없이 이러고 있는데
어디로 가버리나 잃는다는 쾌감은
그에 못지않을
얻는 쾌감과 함께
5   그리고 로스켈리누스가 또 우리가 기다리는
부사(副詞) 오 작은 선물은
텅텅 비었거나 이딴 누더기 노래
아버지가 내게 남편을 주었건만
혹은 기꺼운 호의를 베풀어보니
10   그녀는 젖기를
제 원대로 비가(悲歌)에 이를 때까지
아직은 턱없이 먼 레알의 징 박은 발굽
또는 도관 속에서 악쓰는 건달의 물
더는 아무것도 없거나
15   그녀는 젖기를 그렇게
모든 불필요한 건 제발 끝나길
그리하여 다가왔으면
아둔한 입에 간질거리는 손에
속 빈 암괴에 경청하는 눈에
20   저 먼 은빛의 가위질 소리

(1937-9 / 1946)

예수승천절

얇은 칸막이벽을 건너
한 아이가
제 나름 방탕하다
집으로 돌아간 이날에
5 목소리가 들려온다
흥분한 목소리가
월드컵 축구 경기를 논평한다

암만해도 너무 젊었지

동시에 열린 창문으로
10 별안간의 파장에 실려오는
어렴풋한
신도들의 술렁임

그녀의 피가 흥건히 튀었다
이불 위에 스위트피 위에 제 남자 위에
15 그는 불결한 손가락을 들어 눈까풀을 감겨주었다
놀라 커다래진 초록색 두 눈 위로

그녀가 가볍게 떠도네
나의 공기 무덤 위를

(1937-9 / 1946)

파리

정경과 나 사이에
빈 창문
놈만이 예외다

바닥에 배를 대고
검은 창자를 졸라맨 채
불안에 찬 더듬이 묶인 날개
구부린 다리 헛되게 빠는 입
창공을 갈라 보이지 않는 것에 부딪쳐 이지러지며
내 무기력한 엄지 밑에서 파리는 뒤엎는다
바다와 청명한 하늘을

(1937-9 / 1946)

"무관심의 음악"

무관심의 음악
침묵의 심장 시간 공기 불 모래
무너져 내리는 사랑
그것들의 목소리를 덮으니
나의 말 없음을
내가 더 이상 못 듣게 하소서

(1937-9 / 1946)

"혼자 마신다"

혼자 마신다
처먹는다 달아오른다 오입질한다 혼자 뻗는다 예전과 다름없군
여기 없는 자들은 죽었고 있는 자들은 악취를 풍긴다
네 두 눈을 꺼내 갈대밭 위로 돌려봐
스스로를 괴롭히고 있구나 그것들은 혹은 세발가락나무늘보들은
공연한 짓이다 바람이 있는데
뜬눈의 지새움도

(1937-9 / 1946)

"하여 무슨 소용이 있으랴"

하여 무슨 소용이 있으랴
좋은 날에 또 궂은 날에
제집에 틀어박혀 저희들의 집에 틀어박혀
마치 어제 일인 듯 매머드를
5   공룡류를 첫 입맞춤을
새로운 것이라곤 가져오지 않는 빙하기와
열세 번째 세기의 엄청난 무더위를
연기 솟는 리스본을 냉랭하게 내려다보는 칸트를 기억한다 한들
떡갈나무가 대를 거듭하도록 꿈꾸고 제 아비를
10   그의 눈을 대체 콧수염이 있었던가 없었나
좋은 사람이었나 무슨 연고로 죽었던가 다 잊는다 한들
여전히 왕성하게 씹히고 삼켜지리니
나쁜 날에 또 가장 나쁜 날에
제집에 틀어박혀 저희들의 집에 틀어박혀

(1937-9 / 1946)

디에프

또다시 마지막 썰물
죽은 조약돌
반-회전 그러고 나서 발걸음
늙은 불빛들 쪽으로

(1937 / 1946)

보지라르 거리

그 중간쯤에서
작동을 멈추고 천진하게 헤벌레
빛과 그림자에 판을 노출한다
한 장의 반박할 수 없을 음화로
단단히 보강되어 다시 출발한다

(1937-9 / 1946)

뤼테스 원형경기장

계단식 좌석보다 더 높이 올라앉은 우리의 자리에서
나는 본다 우리가 레자렌 거리 쪽에서 들어서는 것을,
망설이다, 허공을 바라보다, 이어 느릿느릿
어두운 모래를 헤치고 우리를 향해 오는 것을,
5   점점 더 추해지며, 다른 이들만큼 추해지며,
하지만 둘 다 아무 말 없이. 작은 녹색 개 한 마리
몽주 거리 쪽에서 뛰어들고,
그녀는 멈춰 서고, 눈으로 개의 뒤를 쫓고,
개는 원형경기장을 건너,
10 학자 가브리엘 드 모르티예 상의 받침대 뒤로 사라진다.
그녀가 다시 돌아서고, 나는 이미 자리를 떠, 혼자
투박한 층층대를 오르고, 왼손을 펴
투박한 난간을 만져보면, 그건 콘크리트로 되어 있다. 그녀는
    망설이다,
몽주 거리 쪽 출구를 향해 한 발짝, 그다음 나를 따라온다.
15 나는 소름이 끼치는데, 나와 합류하는 이가 나여서,
이제 내가 다른 눈으로 바라보는
모래, 이슬비 아래 물웅덩이,
굴렁쇠를 끌고 가는 어린 여자애,
손을 맞잡은, 아마도 연인일, 한 쌍의 남녀,
20 빈 계단식 좌석들, 높다란 집들, 하늘
우리를 너무 뒤늦게 비추는 하늘.
나는 돌아서고, 문득 나는 놀라니
거기에 그의 슬픈 얼굴이 보이는 것이다.

(1937-9 / 1946)

"동굴 속까지 하늘과 땅이"

동굴 속까지 하늘과 땅이
이어 무덤 저편으로부터
차례차례 늙은 목소리들이
이어 서서히 빛이
5　에나 평원의 기나긴 겁탈 속
옛날의 고사리들을
옛날과 똑같은
법들을 적신 저 같은 빛에
서서히 멀리서 지워지는
10　프로세르피나 그리고 아트로포스
탄복하도록 희미하게 빈
그림자의 입이 또다시

(1937-9 / 1946)

"그래 그렇다 어떤 나라가 있어"

그래 그렇다 어떤 나라가 있어
그곳엔 망각이 망각이 그곳을 내리누르네
가만히 이름 붙여지지 않은 세계들 위로
거기서 머리는 입 다물려 머리는 말이 없고
우리는 알지 아니 아무것도 몰라
죽은 입들의 노래가 죽어가네
모래톱에서 그는 여행을 했고
울 건 아무것도 없네

나의 고독 난 그걸 알지 저런 그걸 잘 몰라
내겐 시간이 있고 그게 내가 하는 말 나는 시간이 있다
하지만 어떤 시간이냐 굶주린 뼈 개의 시간
끊임없이 창백해지는 하늘 내 돌풍 치는 하늘의
홑눈 같은 얼룩을 달고 바들대며 기어오르는 빛살의
암담한 세월 몇 마이크로미터의 시간

내가 A에서 B까지 가기를 원하나 나는 할 수 없어
나갈 수 없어 내가 있는 곳은 아무 흔적 없는 나라
오냐 그래 당신들이 가진 건 아름다운 것 정녕 아름다운 것
이것이 무엇인가 질문은 그만 던져라
회오리 순간들의 먼지 이것은 무엇인가 똑같은 것
평온 사랑 증오 평온 평온

(1947-9 / 1955)

A. D.의 죽음

여기 이곳에 있는다 또다시 이곳에
어둠 속 낡고 썩은 내 판자에 몸을 붙이고
맹목적으로 부서지는 낮과 밤 들을
이곳에 있다 도망치지 않으려고 도망치다 여기로
5   죽어가는 시간을 향해 몸을 구부리면 그것이 고백한다
저는 저였을 뿐이라고 저 한 바가 제가 하는 일이라고
날 가지고 내 친구를 가지고서 말이냐 그는 어제 죽었지 빛나는 눈
긴 이빨 수염 속으로 헐떡이며 뜯어먹었지
성자들의 생애를 목숨 붙은 하루당 하나의 삶을
10   밤이면 제 검은 죄들을 다시 살았다
어제 죽었다 내가 살아 있던 그사이에
이곳에 있는다 폭풍보다 높이 쳐든
돌이킬 수 없는 시간의 죄과를 들이키며
낡은 널조각 이 떠남의 증인
15   돌아옴의 증인을 붙들고

(1948 / 1955)

"살아 죽은 나의 유일한 계절"

살아 죽은 나의 유일한 계절
흰 백합들 국화들
버려진 생생한 둥지들
사월 잎새들의 진창
아름다운 회색 성에의 날들

(1947-9 / 1955)

"흐르는 이 모래의 줄기를 따라가네"

흐르는 이 모래의 줄기를 따라가네
조약돌과 사구 사이로
여름비가 내리네 나의 생 위로
내리네 내 위로 달아나고 좇아오다
5   제 시작의 날을 끝낼 나의 생이

소중한 순간이여 나는 너를
뒤로 물러나는 저 안개의 막 속에서 보네
이 길고 긴 유동하는 문턱을 더는 밟지 않아도 될 저곳에서
나는 살게 되리라
10 열리고 다시 닫히는 어느 문의 시간을

(1948)

"어쩔 것인가 아무 얼굴도 물음들도 없는 이 세계가 없다면"

어쩔 것인가 아무 얼굴도 물음들도 없는 이 세계가 없다면
여기서 존재는 그저 한순간의 지속이며 각각의 순간은
공허 속 망각 속으로 한때 저의 존재했음을 쏟아붓는데
이 파도가 없다면 이 속에서 마침내
5   몸과 그림자는 함께 침몰되는데
어쩔 것인가 이 침묵이, 헐떡이며 원조를
사랑을 열망하는 뭇 중얼거림의 심연이 없다면
제 바닥짐들의 먼지 위로
떠오르는 이 하늘이 없다면

10   어쩔 것인가 나는 어제처럼, 또 오늘처럼 이럴 것인가
현창(舷窓)으로 내다보며 묻길 혹시 나만이
홀로 방황하며 생명 전체로부터 멀리 선회하는 게 아닐까
뒤뚱거리는 공간 속에서
나와 함께 갇힌 목소리들 틈에서
15   목소리 없이

(1948)

"내 사랑하는 이가 죽어버렸으면"

내 사랑하는 이가 죽어버렸으면
비가 내렸으면 묘지 위로
접어드는 골목길들로
날 사랑한다 믿었던 그녀를 위해 울며 갈 때

(1948)

"두개골 밖 홀로 그 안"

두개골 밖 홀로 그 안
어디선가 때때로
마치 어떤 것인 양

두개골 마지막 피난처
5 바깥에 갇혀
얼음 속 보카처럼

미세한 경보에 눈은
놀라 열리고 다시 닫히면
더 이상 아무것도

10 그렇게 때때로
마치 어떤 것인 양
꼭 생명은 아닌

(1974 / 1976)

어떻게 말할까

　　광기—
　　광기 …라는—
　　…라는—
　　어떻게 말할까—
5　　광기… 이 …라는—
　　…이래로—
　　광기… 이 …이래로—
　　주어진—
　　광기… 주어진 …라는 이—
10　　보아—
　　광기… 이 …로 보아—
　　이…—
　　어떻게 말할까—
　　이것
15　　이 이것—
　　여기-이것—
　　이 모든 여기-이것—
　　광기… 주어진 이 모든 …으로—
　　보아—
20　　광기… 이 모든 여기-이것으로 보아 …라는—
　　…라는—
　　어떻게 말할까—
　　보기—
　　얼핏 보기—
25　　얼핏 본다고 믿기—
　　얼핏 본다고 믿으려고 하기—
　　광기… 얼핏 본다고 믿으려고 하는… 무엇을—
　　무엇을—
　　어떻게 말할까—
30　　그리고 어디서—

얼핏 본다고 믿으려고 하는… 무엇을… 어디서—
어디서—
어떻게 말할까—
저기—
저기 저—
멀리—
저기 멀리 저기 저기서—
겨우—
저기 멀리 저기 저기서 겨우… 무엇을—
무엇을—
어떻게 말할까—
모든 이것으로 보아—
이 모든 여기-이것으로—
본다는 광기… 무엇을—
얼핏 보기—
얼핏 본다고 믿기—
얼핏 본다고 믿으려고 하기—
저기 멀리 저기 저기서 겨우 무엇을—
광기… 거기서 얼핏 본다고 믿으려고 하는… 무엇을—
무엇을—
어떻게 말할까—

어떻게 말할까

(1988/1989)

풀피리 노래들

I　눈앞에는
　　최악이
　　급기야는
　　터져 나오는 웃음이

II　돌아오다
　　밤중에
　　거처에
　　불을 켜다

　　끄다 보다
　　밤을 보다
　　창유리에 붙은
　　저 얼굴을

III　총합해
　　다 세어보면
　　밀리아스 반의 반인
　　시간의 쿼터 쪼가리들
　　죽어 나간 시간들은
　　치지 않더라도

IV　무(無)의 끝 구석
　　그 무슨 염탐 끝에
　　눈은 얼핏 본다고
　　미동한다고 믿었고
　　머리는 그것을 진정시키며 말하길
　　이건 네 머릿속 일이었을 뿐이다

V   예전 한때 있었던 침묵
     결코 다시는 찢겨
     중얼대지 않으리라 더 이상
     견딜 수 없노라 맹세코
     입 다물지 않겠노라 너무 많이 지껄인
     지난 기억 없는 말의 말로는

VI   들어라 저것들을
     덧붙는 것을
     말들이
     말들에
     말없이
     발소리들이
     발소리들에
     하나 또
     하나씩

VII 불빛들 빛줄들
     왕복선의 가두리
     한 걸음 더 떼니 꺼지네
     뒤로 도니 다시 빛나네

     차라리 쉬기
     그 둘로부터 멀리
     자기 집에 자기 없이
     저것들도 없이

VIII   상상해보라 만약 이것이
        어느 날 이것이
        문득 어느 날
        상상해보라
        만약 어느 날
        문득 어느 날 이것이
        멈 춘 다 면
        상상해보라

IX   우선
        딱딱한 바닥에 납작
        오른쪽
        혹은 왼쪽
        상관없이

        이어
        오른쪽으로 납작
        혹은 왼쪽
        왼쪽
        혹은 오른쪽

        마지막으로
        왼쪽으로 납작
        혹은 오른쪽
        상관없이
        모든 것 위로
        머리가

X   밀물은 초래하는바
　　　　만물은
　　　　만물로
　　　　동시에 존재하니
　　　　따라서 저기 저것으로
　　　　심지어 저기 저것으로도
　　　　그와 동시에
　　　　존재하지 않으니
　　　　그에 관해 말하자

XI   토요일은 잠시 멈춤
　　　　그만 웃기
　　　　자정부터
　　　　자정까지
　　　　울지 않기

XII   매일매일 바라길
　　　　언젠가 살게 되길
　　　　그래 분명 후회 없이
　　　　언젠가 태어난 것이

XIII   밤이여 그토록
　　　　새벽을 간청하게 하는
　　　　밤이여 부디
　　　　내리라

XIV   아무것도 아무도
아무것을 위해
존재하지 못하리니
그만큼
아무것에
아무나였으리

XV   가까스로 무사히 도달한
마지막 발걸음 한 발은
숨 돌리며 기다린다
관행이 요구하듯
나머지 발도 그만큼 하기를
관행이 요구하듯
그럼으로써 이 무거운 침강을 지탱하기를
또다시 전진하며
관행이 요구하듯
마침내 지금에 이르며

XVI   뭔가 두 눈이
잘 못 본 좋은 것
손가락들이 놓친
잘도 달아나는 것
잘 죄어라 그것들을
손가락들 눈들을
좋은 것이 돌아온다
더 좋은 것이 되어

XVII   뭔가 심장이 알았던
더 나쁜 것
머리가 그럴 수 있어
저 자신에게 말하던 더 나쁜 것
되살려라
그것들을
더 나쁜 것이 돌아온다
가장 나쁜 것이 되어

XVIII   탕헤르에서 놓치지 말 것
세인트앤드류 묘지
넘칠 듯 매몰된 꽃들의
뒤엉킴 그 아래 망자들
아서 키저를 위한
추모의 벤치
그와 한마음으로
유해들 위에 앉다

XIX   좀 더 멀리엔 또 다른 기념비
캐럴라인 헤이 테일러
삶이 있는 한 희망이 있다는
자신의 철학에 충실하여
아일랜드를 벗어나 하늘로 달아나다
일천구백삼십이년 팔월의 일

XX   슈투트가르트에서 놓치지 말 것
긴 네카어 거리
그곳 공허의 유혹은
예전 같지 않으니
그만큼 강력히 알아챈다네
일찍이 여기에 온 적이 있음을

XXI   낡은 떠남
낡은 정지들

떠나다
부재 속에
부재 속에
멈추다

XXII   결코 다시는
이라던 미치광이들이여
어서
다시 말하라

XXIII   한 걸음 한 걸음
아무 데로도
누구 하나
어쩔지 알지 못한다
잔걸음
아무 데로도
집요하게

XXIV 꿈
끝없이
휴식 없이
공연한

XXV 죽은 파리 떼
그 사이에 죽어
흘러드는 바람이
어르는 거미

XXVI 그곳으로부터
목소리가 들리니
살아라

다른 삶을

XXVII 삶의
살아남은 말들이여
또다시 한순간
그의 곁에 함께하라

XXVIII 강과 대양 들이
그를 생존자로 남겨두었네
마르쇼드롱 강 근처
쿠르타블롱 실개천에

XXIX   단호한 발걸음
더 이상 기다리지 않고
그는 앞으로 내딛네
정처 없이

XXX   은둔처에서 나오자마자
이내 폭풍 뒤의 고요

XXXI   순간 들려오는 저 자신의 혼잣말
이젠 얼마 남지 않았군
내 몫의 생이 마침내 미소가
이빨 가득히 번졌고

XXXII   밤이 다가와 드디어 영혼이
그에게서 거둬지려는데
에그머니나 이 요실금자야
이미 한 시간 전에 그것을 반납했구나

XXXIII 기껏해야
사월의 어느 날
어느 하루 길이의
추억만이

XXXIV 어느 밤 그의 그림자가
      그 앞에 다시 나타났고
      쓰러졌고 하얗게 질렸고
      사라졌다

XXXV   저승에 거하는
      검은 누이여
      가차 없는 부당함을
      서슴지 않는
      너는 무엇을 기다리는가

XXXVI 구십 대 난쟁이
      맨 마지막 중얼거림
      부디 관만이라도
      등신대로 주오

XXXVII 한바탕 몽상 끝 산토끼 한 마리
      굴에게 억지로 작별을 고하고
      마지못해 짐짓 작정했다네
      뒷발 디디고 망보는 건 그만 잊기로

시들

베케트는 프랑스어로 쓴 시들을 사르트르가 이끌던 잡지 『레 탕
모데른(Les Temps modernes)』지 II권(1946년 11월, 14호)에 처음
발표했다. "그녀들이 오네"부터 "동굴 속까지 하늘과 땅이"까지 총
열두 편으로, 당시 잡지에는 "시들 38-9(Poèmes '38-39')"라는
제목으로, 또 로마숫자로 I부터 XIII까지 일련번호가 매겨져
소개되었다(아마도 오류에 의한 듯, XI이 누락된 채 X에서
XII로 넘어갔다. SBCP, 372면 참조). 창작 연도는 독일어판
『시집(Gedichte)』(1959)의 출간부터는 「디에프(Dieppe)」(1937)의
작성 시기를 고려해 '37-39'로 수정되었다. 이 열두 편의 시는 그가
제2차세계대전이 끝나기 전 파리에 거주하면서 지은 것들이다.
물론 1930년대 초에도 이미 프랑스어로 시를 써본 적이 있어(가령,
공식 지면에 발표된 적 없는 1930년 작 「야누스의 슬픔[Tristesse
Janale]」), 최초의 시도는 아니다.

◆ "그녀들이 오네(elles viennent)"
우선 영어로 지었다가 1946년 이전에 베케트가 다시 프랑스어로
번역한 시. 『레 탕 모데른』지에 'I번'으로 소개된 작품이다. 영어
판본은 페기 구겐하임(Peggy Guggenheim)이 쓴 회상록 『이
세기를 넘어(Out of This Century)』(1946)에 먼저 실렸는데,
당시에는 마지막 행 단어로 "사랑(love)" 대신 "삶(life)"이 쓰였다.

◆ "차분한 행동은 그녀에게(à elle l'acte calme)"
『레 탕 모데른』지에 최초로 발표된 'II번' 시.

5행: "죽어버린 마음의 지점들". 원시에서는 "les points (…)
morts". 일반적으로는 사점(死點), 교착 지대, 중립 기어 등의 뜻.

◆ "턱도 이빨도 없이 이러고 있는데(être là sans mâchoires sans
dents)"
『레 탕 모데른』지에 최초로 발표된 'III번' 시.

5행: 로스켈리누스(Roscellinus, 1050경-1125경). 프랑스의 스콜라철학자. 본명인 로슬랭(Roscelin)보다 그것을 라틴어화한 로스켈리누스로 더 잘 알려져 있으며, 종종 유명론(唯名論)의 창시자로 간주되곤 한다. 이 행에서 베케트가 (세계의 실체적 존재를 믿는 실재론에 대비되는) 유명론의 시조를 끌어들인 까닭은 아마도 그 아래에 이어지는 표현들, 즉 실질이 없는 '부사'(이와 비교해 「농루 I」 44행의 표현 "직접목적격[accusative]" 참조), '텅텅 빈 작은 선물'에서 유추할 수 있을 것이다.

8행: 이탤릭체로 강조됨. 이 행은 남편을 잘못 만났다고 한탄하는 유(類)의 통속적인 옛 노래에서 한 소절 따온 듯한 모양새를 하고 있다. 그 위의 구절로 보아 이 한탄이 남편의 물건이 작다고 불평하는, 다소 외설적인 해학임을 짐작할 수 있다.

9행: 원문에서 베케트는 "en faisant la fleur"라는, 언뜻 금방 이해 가지 않는 표현을 사용했다. 우선적으로는 '호의를 베풀다', '여자의 환심을 사거나 호감을 표현하기 위해 특별한 애정 표시를 하다' 등의 뜻을 지닌 성구 "faire une fleur"의 변용으로 볼 수 있겠다. 또 다른 번역 가능성은 이후 베케트와 엘마르 토포호븐(Elmar Tophoven)이 공역한 같은 시의 독일어판(1959)이 제공한다. 이 판본에서는 해당 구절을 "mit den Fingen spielend", 말하자면 "또는 깍짓손 하고 장난치니" 쯤으로 바꿔 옮겼다(SBCP, 378면 참조). 베케트의 시와 비평을 전적으로 다룬 연구서를 낸 로런스 하비 역시 이것이 원구절의 속뜻이리라고 받아들였고(『시인이자 비평가로서의 사뮈엘 베케트』, 프린스턴 대학교 출판부, 1970, 194면), 베케트의 『시 선집』(페이버 앤드 페이버, 2009) 편자 데이비드 휘틀리 또한 영역 과정에서 이 노선을 따랐다(179면, "or bunching your fingers"). 어떤 식으로 보든 이 구절 및 이어지는 맥락은 여인을 흥분시키기 위해 조바심 내는 연인의 에로틱한 손 놀이, 또는 손놀림과 관련될 것이다. 맨 마지막에 이르러 죽음의 이미지가 환기되기 전까지는. 연인과의 (혹은 창녀와의) 처소를 임종의 침상과 교차시키는 이 성향은 『에코의 뼈들 그리고 다른 침전물들』에 수록된 연애시들에서도 확인된다.

12행: 레알(Les Halles). 파리 중심부의 큰 시장 지대. 한때 매춘 지역으로도 유명했다.

18행: "간질거리는(formicant[e])". formication, 즉 개미가 기어가는 듯 스멀거리는 느낌. 롤러와 필링은 이 단어와 발음상 유사한 'fornication(사통, 간음)'과의 연상 작용 또한 염두에 둔다(SBCP, 379면 참조).

19행: "속 빈 암괴(bloc cave)". 베케트가 감수한 독일어판은 이 대목을 "zum Hohlkopf" 즉 "텅 빈 머리"로 옮겼다.

20행: "은빛의 가위질 소리"는 그리스신화 속 운명의 세 여신 중 아트로포스(Atropos, 로마신화에서는 Morta)의 역할을 떠올린다(SBCP, 379면 참조). 셋 중 가장 나이 많은 아트로포스는 가위로 생명의 실타래를 잘라 인간의 생을 끝낸다. "동굴 속까지 하늘과 땅이"로 시작하는 시, 그리고 『풀피리 노래들』 중 XXXV번 시에서 ("검은 누이[noire sœur]"의) 관련 설명 참조.

◆ 「예수승천절(Ascension)」

『레 탕 모데른』지에 최초로 발표된 'IV번' 시. 고증에 의하면 1938년 6월 15일 첫 본이 이하 V, VI번 시 초벌과 함께 토머스 맥그리비에게 보내졌다(SBCP, 379면 참조).

2-3행: "나름 방탕한 한 아이(un enfant / prodigue à sa façon)". 성서의 '돌아온 탕자(le fils prodigue)'를 변용한 표현. 이 구절은 예수승천절(부활 제6주간 목요일)이라는 제목이 말해주듯 하늘로 승천한 주의 아들 그리스도와 맞물리는 한편(그가 아낌없이 탕진한 것은 인류를 위한 사랑일 테고), 전기적 관점에서는 (이 시를 쓰기 약 5년 전인) 1933년 5월 3일 죽은 베케트의 첫사랑이자 사촌 누이, 페기 싱클레어를 환기시킨다. 흔히 초록 눈의 여인으로 묘사되는 페기 싱클레어는 겨우 22세에(8행 참조) 결핵으로 사망했으며, 베케트는 그로부터 한 달 후(6월) 급작스레 아버지도 잃었다(14행 참조).

7행: 1938년의 월드컵 축구 경기는 6월 파리에서 열렸다. 베케트는 이해 5월 26일과 6월 15일, 맥그리비에게 보낸 편지를 통해 옆집 벽을 타고 들려오는 라디오 중계방송의 성가신 소음을 언급했다. 이해의 예수승천절은 페기 싱클레어의 사망 5주기와 그리 멀지 않은 5월 16일이었다고 한다(SBCP, 380면 참조).

12행: les fidèles. 신도들, 또한 신봉자들, (축구를 관람하는) 열성 팬들.

14행: "스위트피(les pois de senteur)". 페기의 죽음에 대한 상상에 부친의 임종이 남긴 기억 한 장면을 겹친 것. 베케트가 종종 묘사한 바에 의하면, 그 아버지의 마지막 이미지는 침대에 뉘여 얼굴이 온통 스위트피 꽃으로 덮인 모습이었다(1933년 7월 2일의 편지, SBCP, 380면 참조). 페기의 마지막을 지켜본 이는 베케트가 아니라 그녀의 독일 출신 약혼자였다.

◆　「파리(La Mouche)」
『레 탕 모데른』지에 최초로 발표된 'V번' 시. 이 '파리'는 영문으로 쓴 시 「세레나 1」의 마지막 연과 비교해봄 직하다.

◆　"무관심의 음악(musique de l'indifférence)"
『레 탕 모데른』지에 최초로 발표된 'VI번' 시. 고증에 의하면, 1938년 여름 맥그리비에게 보낸 첫 본에는 '기도(Prière)'라는 제목이 붙어 있었다(SBCP, 381면 참조). 4–6행의 어조가 이를 방증한다. 흥미롭게도, 젊은 시절의 베케트가 여기저기서(1934년 『더블린 매거진』에 보낸 맥그리비 시 리뷰, 독일 방랑 중에 쓴 '독일 일기' 등) 피력했던 예술관에 의하면, "모든 시는 기도다(All poetry is prayer)".

1–3행: 원문의 이 세 행에서는 한국어 구조로는 살리기 힘든 교차(enjambement 또는 rejet)가 시도되어 있다. 작시법에서 '교차'는 구문상 하나의 시구를 매듭짓는 한 단어(혹은 단어군)를 그 행에서 마무리하는 대신 다음 행으로 보내 연결하는 방법으로, 흔히 표현성을 부각하기 위해 낭만주의 시에서 많이 이용했다. 말하자면, 끊어서 잇는 운율법(la métrique). 휴지를 통해 다음 행 첫머리에 오는 단어가 강조되거나(rejet), 반대로 앞 행 마지막에

오는 단어가 강조될(contre-rejet) 수 있다. 이 시의 첫 세 행 원문은 이러하다. "musique de l'indifférence / cœur temps air feu sable / du silence éboulement d'amour". 1행과 2행은 의미에 의해 동격으로 연결되며, 퉁명스럽게 툭툭 던지는 돌멩이 같은 2행의 다섯 요소들은 다시 3행으로 걸치면서 저희들이 냉담의 음악인 동시에 침묵의(du silence) 구성 원소임을 드러낸다.

◆ "혼자 마신다(bois seul)"
『레 탕 모데른』지에 최초로 발표한 'VII번' 시.

2행: "예전"의 표현으로 고어 "devant"을 썼다. 이는 라퐁텐 우화에서 유래한 관용구 "être Gros-Jean comme devant(다시 그로장이 되다, 즉 도로아미타불의 뜻)"을 연상시킨다. 시의 분위기 또한 그와 유사하다.
    4행: 갈대들은 물론 파스칼의 유명한 구절("인간은 생각하는 갈대", 『팡세』)뿐만 아니라 예이츠의 시집 『갈대 사이로 부는 바람(The Wind among the Reeds)』(1899)도 연상시킨다. 눈을 꺼낸다(뺀다)는 대목과 관련해 롤러와 필링은 「마태복음」 5장 29절을 참조하는데, 그 구절은 다음과 같다. "만일 네 오른눈이 너로 실족케 하거든 빼어 내버리라 네 백체 중 하나가 없어지고 온몸이 지옥에 던지우지 않는 것이 유익하며". 나무늘보는 벨라콰가 그렇듯 게으름과 무기력의 동물. '어둠 속의 뜬 눈'은 베케트에게서 집요하게 나타나는 이미지이기도 한데, 예컨대 단편 「끝(La Fin)」(1945)의 한 대목 참조. "눈을 감으면 안 되며, 자고로 어둠 속에서는 눈을 뜨고 있어야 한다, 그런 것이 내 견해다. 나는 잠 말고, 사람들이 눈뜬 상태라고 부르는, 아마 그럴 거야, 그것에 대해 말하는 거야. (Il ne faut pas fermer les yeux, il faut les laisser ouverts dans le noir, telle est mon opinion. Je ne parle pas du sommeil, je parle de ce qu'on appelle je crois l'état de veille.)"(『단편들 그리고 아무것도 아닌 텍스트들[Nouvelles et textes pour rien]』, 미뉘, 106면)

143

◆　"하여 무슨 소용이 있으랴(ainsi a-t-on beau)"
『레 탕 모데른』지에 최초로 발표된 'VIII번' 시. 고증에 의하면 이
시의 세부를 쓰면서 베케트는 생명에 관한 에른스트 카시러(Ernst
Cassirer)의 연구서, 칸트의 저서들, 그리고 저널리스트이자
철학자인 프리츠 마우트너(Fritz Mauthner)의 세 권짜리
주저『언어 비판에 관한 논문들(Beiträge zu einer Kritik der
Sprache)』(1901-3)을 참조했다(SBCP, 383면 참조). 관련 메모들은
베케트의 '호로스코프' 노트에 남아 있다. 이 시는 5년 전 작고한
아버지에 대한 기억이고 성찰이다.

8행: 리스본은 1755년 역사에 남을 만큼 대규모의 지진을 겪었다.
　　9행: "떡갈나무가 대를 거듭하도록". '떡갈나무의
세대(generations de chênes)'라는 표현과 관련해,
'호로스코프' 노트에는 베케트가 마우트너에게서 베껴 적은
"떡갈나무(참나무)의 한 세대(a generation of oaks)"라는 표현이
나온다. 시에 동원된 선사시대와 관련된 지식들 역시 마우트너의
책에서 온 것(SBCP, 383면 참조).
　　12행: 「호로스코프」에서와 마찬가지로 여기서도 맹목적으로
'잡아먹는 시간(Tempus edax rerum)'이 문제되고 있다.

◆　「디에프(Dieppe)」
횔덜린의 4행시 「산책(Der Spaziergang)」에서 직접적인 영감을
받아 쓴 시로 알려져 있다. 『레 탕 모데른』지에 최초로 발표될
때에는 제목 없이 'IX번' 시로 소개되었다. 기록으로 보아
베케트가 횔덜린을 읽고 있었던 것은 1937년 말엽이며, 알랜드
어서(Arland Ussher)에게 보낸 1939년 6월 14일 자 편지에는
"「산책」이 포함된, 만년기의 무시무시한 단장"에 관한 언급이
등장한다(SBCP, 384면 참조). 디에프는 프랑스 북서부의 바닷가
도시. 역시 1937년 말에, 베케트는 뉴헤이븐-디에프 간 페리를
타고 더블린에서 프랑스로 돌아왔다.
　　이 시에는 대문자로 제목이 붙은 5행짜리 영문 이본 또한
존재한다(「DIEPPE 193?」, 1945년 6월 9일 『디 아이리시

타임스』에 발표). 롤러와 필링은 이 두 시가 1946년 6월에 나오게 될 프랑스어 시 「생로」의 전조라고 보고 있다.

3행: "반-회전 그러고 나서 발걸음(le demi-tour puis les pas)". 원시에서 별스럽지 않은 부사 'puis (then)'에 베케트는 의외의 비중을 두었다. 하비와의 토론 중, 또 바버라 브레이에게 보낸 1959년 2월 17일의 편지를 통해(SBCP, 386면 참조) 그는 이 단어가 '돌아섬'을 정말로 행하기 때문에 이 시의 핵심어라고, 따라서 횔덜린의 「산책」에서 "dann (then)"과 같은 기능을 수행한다고 강조했다. 그러면 이 3행에서 일종의 회전축 역할을 행하는 것은 발음 '쀠'의 움직임이다. 정작 행위를 나타내는 요소들은 'puis'의 앞뒤에서 정관사를 동반한 명사 꼴을 한 채, 작은 앙금처럼 응결되어 있다.

◆ 「보지라르 거리(Rue de Vaugirard)」
『레 탕 모데른』지에 최초로 발표된 'X번' 시. 보지라르 거리는 베케트가 살았던 레 파보리트 거리(rue des Favorites)에서 멀지 않은 긴 길이다. 롤러와 필링의 적절한 말마따나, 그 길에서의 짧은 스냅숏. 마치 그 자신이 기계이고 카메라인 듯. 타던 자전거를 잠시 멈추고.

◆ 「뤼테스 원형경기장(Arènes de Lutèce)」
『레 탕 모데른』지에 최초로 발표된 (XI번 없는) 'XII번' 시. 뤼테스(뤼테스, 혹은 라틴어로 '루테티아[Lutetia]'는 파리의 옛 이름) 원형경기장은 1세기경 지어진 로마 시대 유적. 19세기 중반 몽주 거리(파리 5구)를 내는 과정에서 발굴되었다. 고등 사범학교나 베케트가 강사 재직 시 거주했던 레 파보리트 거리에서 그리 멀지 않다.

10행: 가브리엘 드 모르티예(Gabriel de Mortillet, 1821-98)는 고생물학자. 그런데 경기장을 굽어보고 있는 조각상은 정확히는 모르티예를 재현한 것이 아니라 그에게 헌정된 것이다.

23행: "그의 슬픈 얼굴(son triste visage)". 프랑스어에서는 '그의／그녀의 ＋ 단수 남성명사'가 모두 'son'으로 표현되므로, 이 대목의 '그 사람'이 누구인지는 분명하지 않다. 15-6행을 비교하면, 또는 I-2행에서 이미 원거리 시점에서의 회상임이 제시된 점을 고려하면, 좁게는 '그'라고 볼 수 있을 것이다(『시 선집』을 편집한 휘틀리 역시 이 부분을 "his sad face"로 옮겼다). 궁극적으로는, 그인지, 그녀인지, 그저 타자라 말할 수 있을 어떤 이인지, 자기 자신과의 맞닥뜨림인지, 혹은 그 모든 가능성의 교차와 중첩일지 묻게 하는 '의도된 모호성'을 봐야 할 것이다.『풀피리 노래들』중 II번 시 2연의 기법 참조.

◆　"동굴 속까지 하늘과 땅이(jusque dans la caverne ciel et sol)" 『레 탕 모데른』지에 최초로 발표된 'XIII번' 시.

IO행: 신화적 시원의 늙디늙은 목소리들이 전하는 바에 의하면, 프로세르피나(Proserpina, 페르세포네의 라틴식 이름)는 에나 평원에서 하계의 신 플루톤(그리스식은 하데스)에게 겁탈당한 후 저승으로 끌려갔다. 아트로포스는 운명을 관장하는 세 여신 중 하나("턱도 이빨도 없이 이러고 있는데" 20행,『풀피리 노래들』XXXV번 관련 설명 참조). 또한 이 이름들은 나비목의 곤충을 지칭하기도 한다(프로세르피나는 얼룩무늬나비의 일종, 아트로포스는 박각시과의 나방). 사위어가는 빛이 끄는(지우는) 대상은 IO행의 두 나비들이기도 하고, 지상에서 지워져 그림자와 망자 들의 세계로 끌려가는 프로세르피나의 끝나가는 삶이기도 하고, 그래서 그로부터 자연 불려오는 것은 죽음을 정하고 행하는 아트로포스 여신의 검음이자(『풀피리 노래들』XXXV번의 "검은 누이[noire sœur]" 참조) 어둑하고 희미한 굴의 입구. 또한 굴은 하계이면서, 피난처이면서, 플라톤과 베이컨이 말한 그림자와 환영의 장소.

◆　"그래 그렇다 어떤 나라가 있어(bon bon il est un pays)" 이어지는 두 편의 시「A. D.의 죽음(Mort de A. D.)」, "살아

죽은 나의 유일한 계절(vive morte ma seule saison)”과 함께
『카이에 데 세종(Cahiers des Saisons)』2권(1955년 10월)에
최초로 발표된 시. 원래는 '궁지(Accul)'라는 제목이 붙어
있었지만 1959년 독일어 판본『시집』부터 제목이 삭제되었다.
'accul'은 좀 더 특수하게는 작은 배를 댈 수 있는 해안의 후미진
곳을 뜻한다. 1951년 마르셀 비지오(Marcel Bisiaux)에게 보낸
편지에 따르면, 베케트는 “만에서(at bay)”라는 토를 달았다.
역시 같은 자료가 알려주는 바는 이 시가 1947년 2월 친구이자
네덜란드 화가 헤르 판 펠더(Geer van Velde)를 위해 쓰였다는
사실이다. 1968년에는 역시 또 다른 친구이면서 이스라엘
화가인 아비그도르 아리카(Avigdor Arikha)의 도록에 실리기도
했다(이상 SBCP, 395면 참조). 이런 내력을 감안한다면 이 시는
창조하는 예술가들의 나라, 그들의 고독하고도 치열한 내적
독백을 그려보려 한 작품일 것이다.

6행: 놀슨은 이 구절과 관련해서 베를렌의「감상적 대화(Colloque
sentimental)」(『우아한 축제[Les Fêtes galantes]』의 마지막
시)가 베케트에게 영감을 주었으리라는 사견을 내놓았다(SBCP,
397면 참조). 아닌 게 아니라「감상적 대화」의 전반적인 분위기는
베케트의 작품 세계와 통하는 점이 많다.

12행: “내 돌풍 치는 하늘(mon grain de ciel)”. 롤러와 필링은
이 문맥에서 'grain'을 일반적인 '알갱이', '미량'의 뜻보다는 해양
용어(돌풍, 소나기)로 받아들이는 것이 적절하리라고 봤다(SBCP,
398면 참조). 아마도 최초의 제목(accul)에 함축된 장소(만)와
앞뒤 문맥을 논리적으로 고려한 판단일 것이다. 11행에서 “개의
시간”이라 옮긴 “le temps du chien”은 관용적으로는 “매우 나쁜
날씨”를 의미하기도 하기 때문이다.

20행: “평온(le calme)”. 형제 화가 브람과 헤르의 예술에 관한
에세이「세계와 바지(Le Monde et le pantalon)」에서 베케트는 형
브람에 비교할 때 헤르의 화면은 한결 온화하고 평온한 외양으로
나타난다고 평했다. 그의 내면이 형의 그것보다 태평스럽다는
의미가 아니라, 내면의 고독과 격정이 자신과의 싸움을 거치고

거쳐 획득하는 궁극의 표면은 평정의 모습을 띤다는 뜻에서.

◆ 「A. D.의 죽음(Mort de A. D.)」
A. D.는 베케트가 생로의 아일랜드 적십자 병원에서 일할
당시(1946년) 함께했던 동료 의사 아서 달리(Arthur Darley)를
가리킨다. 그는 결핵으로 1948년 12월 30일 더블린에서 마흔
살의 나이로 사망했다. 이 시는 베케트가 그를 추억하며 1948년경
쓴 것으로, 1955년 『카이에 데 세종』 2권에 처음 발표되었다.
베케트가 달리와 각별한 우정을 나눈 관계였는지는 명확히
밝혀지지 않았다. 그러나 7행에서 시인은 그를 "내 친구"라
칭했고, 시의 내용대로라면 1948년 연말 아마도 달리가 숨을 거둔
병원(Our Lady's Hospice)에 찾아갔으며, 이후의 글에서도 종종
그의 이름을 언급했다. 마지막 글 「떨림」이 그 한 예이다.

2행: "판자". 이와 관련해서는 시 「에눠에치 1」 19행(그리스도
수난의 상징이기도 한 "못과 판자") 또는 「다시 끝내기 위하여」의
서두("다시 끝내기 위하여 닫힌 장소 어둠 속에 이마를 판자에
얹은 두개골 하나부터 시작하기", 『죽은-머리들/소멸자/다시
끝내기 위하여 그리고 다른 실패작들』, 임수현 옮김, 워크룸
프레스, 2016, 61면) 등 참조.

◆ "살아 죽은 나의 유일한 계절(vive morte ma seule saison)"
1955년 『카이에 데 세종』 2권에 위의 두 시와 함께 처음 발표된
작품. 작업 초안에 관한 베케트 자신의 기억에 근거할 때,
분류 세목 '여섯 편의 시 1947-9(Six Poèmes 1947-1949)'에
포함되면서 『말론 죽다(Malone meurt)』 집필과 병행하여(1947년
11월-1949년 5월) 구상된 작품들 중 하나. 그렇긴 해도 베케트는
때로 이 시의 작성 시기를 착각했던 듯하다. 가령, 이 시를 염두에
둔 술회로 보이는 한 말년의 편지에서 그는 폐암으로 죽어가는
형 프랭크를 돌보던 1954년에 그것을 썼다고 했기 때문(1985년
2월 28일, 케이 보일에게 보낸 편지, SBCP, 400면 참조).
1954년 무렵의 연인 패멀라 미첼[Pamela Mitchell]에게 보낸

편지들에서는 이 시와 유사한 정조나 생각들이 발견된다. 어쨌든, 롤러와 필링의 견해를 인용하면, 이 시 "살아 죽은"의 비전과 구절들은 『그게 어떤지』(1958년 12월 착수)의 여기저기에 흔적을 남겼다(SBCP, 401면 참조).

◆ "흐르는 이 모래의 줄기를 따라가네(je suis ce cours de sable qui glisse)"
이 시 및 이어지는 두 편은 『트랜지션 48』 2호(1948년 6월)에 최초로 발표되었다. 베케트의 작품 중, 처음 발표되면서 한 책에 영어 판본과 프랑스어 판본이 나란히 마주 보고 실린 경우는 이 세 편이 유일하다. 이들 세 편과 위의 세 편("그래 그렇다 어떤 나라가 있어", 「A. D.의 죽음」, "살아 죽은 나의 유일한 계절")이 흔히 '여섯 편의 시 1947-9'로 분류된다. 롤러와 필링은 이 시가 1947년 여름, 비가 대단히 많이 온 어느 날 쓰였으리라 추측한다. 맥그리비가 마음에 들어 해서 베케트가 기뻐했다는 "짧은 시"(1948년 1월 4일, 맥그리비에게 보낸 편지)는 아마도 이 시이거나, 아니면 "내 사랑하는 이가 죽어버렸으면"으로 추정된다(SBCP, 404면 참조).

3-5행: 원문은 다음과 같다. "la pluie d'été pleut sur ma vie / sur moi ma vie qui me fuit me poursuit / et finira le jour de son commencement". 즉, 구조상 4행의 "나의 생(ma vie)"은 3행의 "여름비(la pluie d'été)와 동격으로 볼 수도 있고(여름비, 즉 나의 생이 내 위로 내린다), 동시에 4행 바로 앞에 위치한 "나(moi)"와 동격으로 볼 수도 있다(여름비가 내 위로, 나의 생 위로 내린다).
6행: 『트랜지션 48』에 같이 수록된 영어판에서 베케트는 프랑스어 "소중한 순간(cher instant)"에 대응하는 표현으로 "my peace"를 사용했다.

◆ "어쩔 것인가 아무 얼굴도 물음들도 없는 이 세계가 없다면(que ferais-je sans ce monde sans visage sans questions)"
1948년 써서 『트랜지션 48』 2호에 다른 두 편("흐르는 이 모래의

줄기를 따라가네", "내 사랑하는 이가 죽어버렸으면")과 함께
처음 발표한 시. 당시에는 1행의 "얼굴"이 "복수(visages)", 10행의
"오늘"이 "그제(avant-hier)"였다가 1959년 독일어판부터 지금
형태로 수정되었다(SBCP, 403면 참조). 13행의 "뒤뚱거리는"에
해당하는 원표현은 "pantin"(꼭두각시, 아마도 꼭두각시처럼
뻣뻣하고 우스꽝스럽게 움직이는 모습을 연상한 듯). 나란히 실린
영어 판본에서는 같은 자리에 형용사 'convulsive'가 사용되었다.

◆ "내 사랑하는 이가 죽어버렸으면(je voudrais que mon amour
meure)"
앞의 두 시와 함께 『트랜지션 48』 2호에 최초로 발표된 시.
휘틀리와 푸르니에의 주에 의하면, 당시 판본에서는 3행의
"골목길들(ruelles)" 대신 "길들(rues)"이, 4행의 "날 사랑한다
믿었던 그녀(celle qui crut m'aimer)" 대신 "날 사랑했던 유일한
여자(la seule qui m'ait aimé)"가 사용되었다. 병에 걸려 죽어가는
아일랜드의 어머니, 그리고 그레이스톤스(Greystones)에 묻힌
아버지의 묘지 위로 내리는 비가 이 시의 눈물과 관련된다(SBCP,
404면 참조). 그런데, 4행에서 "그녀를 위해 울며 갈 때"에 사용된
현재분사 "pleurant"은 '애도하여'라는 뜻이기도 하다(같은 시의
영어 판본에서 베케트는 "mourning"이라 표현했다). 이 경우 이
시는 기묘한 의미 구조를 띠게 된다(1행과 비교). 한편, 『베케트
카논(A Beckett Canon)』(미시간 대학교 출판부[University of
Michigan Press], 2001) 저자 루비 콘(Ruby Cohn)은 이 시가
예이츠의 소네트 "그는 제 연인이 죽기를 바라네(He wishes his
Beloved were Dead)"의 베케트식 대답이라고 판단하기도 했다.

◆ "두개골 밖 홀로 그 안(hors crâne seul dedans)"
1976년 『미뉘(Minuit)』 21호(11월)에 다른 열여덟 편의 시들(즉
'시들 37-9', '시들 47-9')과 함께 처음 발표된 시. 이 시와
영어로 쓴 「무언가 저기에」, 「두려움에 도리질」은 착상이나
집필 시기 면에서 한 벌로 묶을 수 있는 작품들이다. 베케트가
프랑스어와("두개골 밖 홀로 그 안") 영어로(「두려움에

도리질」) 유사한 주제의 두 작품을 동시에 시작한 드문 예에
든다(SBCP, 441면 참조). 푸르니에는 이 시가 1976년에 쓰였다고
봤지만(『시들』, 미뉘, 31면, 주 참조), 롤러와 필링의 조사에
따르면 1974년 1월 1일의 매서운 날씨가 시인에게 보카의 머리를
떠올리며(『신곡』 중 「지옥」 32곡 참조) 시의 초안을 쓰게 했다.
이 초안의 첫머리는 "Là quelque chose (something there)"로
시작하고 있다. 시는 여러 번 수정을 거쳐 같은 해 3월 4일 최종판
직전 버전에 도달했다. 베케트는 3월 7일 리비에게 편지를 보내
프랑스어로 12행의 짧은 시 한 편을, 그리고 영어로 "그보다 좀
더 어둑한 자매편(a rather dimmer companion)"을 썼음을
알렸다(SBCP, 441면 참조).

6행: 보카는 궬피 파 소속이었음에도 당시 우세했던 기벨리니
파의 편을 들었다. 몬타페르티 전투에서 그가 칼로 기수의
손을 쳐 깃발을 떨어뜨리도록 한 바람에 궬피 파는 전의를 잃고
패배하였다 한다(『신곡』, 열린책들, 267면, 주 19 참조).

◆　「어떻게 말할까(Comment dire)」
마지막 시이자 베케트의 맨 마지막 작품. 프랑스어 원본에 1988년
10월 29일이라 표시되어 있다. 라 리브래리 콩파니(La Librairie
Compagnie, 이 출판사는 상호를 베케트의 동명 작품에서
가져왔다.)의 30주년을 기념하는 한정판에 복사판으로 처음
발표되었다(1989년 5월 4일). 영어판 「무어라 말하나(What is
the Word)」가 1989년 4월 23일에 완성되었으므로, 아주 엄밀히
말하면 이 영어 번역본이 베케트 최후의 작업물이라 할 수 있다.
『리베라시옹(Libération)』지가 1989년 6월 1일 자에 프랑스어판을
실었고, 영어판은 『디 아이리시 타임스』(1989년 12월 7일)에
처음으로 실렸다. 영문판 원본의 맨 위에 베케트는 자필로
"마지막을 위해 간직해둘 것!(Keep! For end)"이라 기록했다.
롤러와 필링의 평대로, 마치 "what is the word"가 자신의 최후의
말이 될 것이라 확언하듯이(이상 SBCP, 474면 참조). 마침내 끝이
왔고, 끝까지 완벽히 마무리되었다. 온 생의 신조가, 마침표 없이,

닫힘 없이, 한 호흡 의문의 형태로.

원시에는 말줄임표가 없다. 한국어와 프랑스어의 구조가 다른 탓에 부득이 삽입한 것. 베케트는 (하이픈, 프랑스어로는 '연결부호[trait d'union]'에 대비해) 이 '—'를 "분리부호들(traits de désunion)"이라 불렀다(SBCP, 474면 참조). 이 시에서는 특히 그래픽적 효과가 눈에 띈다. 말해질 수 없는 것을 어떻게 말해야 하나, '어떤 그것'을—그런 것이 있다면—무어라고 말하나, 끊임없이 묻고 중단하고 더듬는 움직임과 더불어, 스스로를 시작점으로부터 떼어내고, 밀어내고, 늘여서('선'을 뜻하는 'trait'는 잡아 늘인다는 뜻의 동사 'traire'에서 유래했다.), 펼치는 언어의 자기-발생 궤적이 그려진다. 시는 그 추동이 남기는 흔적, 비문(碑文).

풀피리 노래들(mirlitonnades, 1976-8)

'mirliton'은 갈대 따위로 만든 장난감 피리. 'vers de mirliton'이라고 하면 시는 시(vers)인데 저급하고 조악한 시, 영어로 'doggerel'에 해당한다. 'mirlitonnade'는 'mirliton'에 접미사 '-ade'('-로 만든 것'의 뜻)를 접목한 베케트의 조어. 그는 1976년부터 1980년경까지(특히 1977년) 아주 짧은 시들을 지었고, 여기저기 메모한 이 편린들의 수정이 끝나면 공책 '우언록'에 옮겨 적었다. 트리니티 대학교에 보관된 수고들에서 베케트가 1980년대에 쓴 간단한 시들을 "mirlitonnade"라 묘사한 데 따라, 같은 유형에 일련의 시퀀스 형태로 덧붙여진 만년의 시들을 이 명칭으로 일컫는다(휘틀리의 주, SBSP, 191면 참조). 본 번역판에서는 '피리'의 느낌을 살리고자 제목을 '풀피리 노래들'이라 옮겼지만, 이를 '엉터리 시들', '시시한 노래들' 등으로 불러도 무방할 것이다. '우언록' 속 시들의 순서와 배치에 대한 고증 문제로 이후 시집 판본마다 조금씩 차이를 보였는데, 본 번역은 (휘틀리가 편집한 『시 선집』과 마찬가지로) 미뉘 출판사의 원판(1978) 및 보완 개정판(1988, 현 2014년 판본과 동일)의 형식과 편수를 기본으로 했고, 편의를 위해 시퀀스마다 로마자 일련번호를 달았다. 미뉘에서의 출간 이후에도 베케트는 영어나 프랑스어로 '풀피리 노래들'을 좀 더 지었기 때문에, 롤러와 필링이 편집한 『시 전집』(2012)에는 추가 작품들까지 포함된 총 마흔네 편이 수록되었다. 일견 노년의 우울을 달래기 위한 그때그때의 단순한 시도로 보이는 이 말년 시들은, 지극히 약소한 형식 속에 베케트 특유의 복잡한 언어유희와 세계관을 압축하고 있어 많은 연구자들이 관심을 기울이는 마지막 자료들이다.

I

1977년 11월 12일, 작가의 '우언록'에 옮겨 적힌 시. 여덟 개 초안을 검토하면 처음에 "묘지를 지켜보는 불길한 눈(mauvais œil)"이 "기이한 소리를 내는 제3의 눈[心眼]"으로 전환하는 데서부터 발상이 전개되었음을 알 수 있다(SBCP, 449면 참조). 이 짧은 시의 원문에서는 1 / 3행(face / ce), 2 / 4행(pire / rire)의 운이 맞춰져 있고(즉 교차운[rimes croisées]), 이를 위해 3, 4행은 상궤를 벗어나 과감하게 분리되었다(jusqu'à ce / qu'il fasse rire).

II

2연 원문의 구조는 다음과 같다. "éteindre voir / la nuit voir / collé à la vitre / le visage" 즉, 불을 끄고 어둠 속 창유리에 붙어서 "저 얼굴"을 바라본다고 해석할 수도 있고(3행이 2행의 "보다"를 한정), 어둠 속에서 "창유리에 바싹 붙어 선 얼굴을" 본다고 여길 수도 있으며(3행이 4행의 "얼굴"을 한정), (목적어 없이) 얼굴을 창유리에 붙인 자세로 본다고 할 수도 있다. 심지어 불을 끈 후 밤이 창유리에 붙은 얼굴을 보는 것을 본다고 읽는 것도 구문상 가능하다. 의미의 이 여러 가능성의 공존은 그 간단한 어휘들 속에 '투영'의 시각 효과를 구현한다. 어둠을 배경으로 떠오르는 "저 얼굴". 이 타자화되거나 익명화된 자기의 얼굴에 관해서는 「뤼테스 원형경기장」 또는 「에뉘에치 2」 등 참조.

III

3-4행: 원문은 "un quart de milliasse / de quarts d'heure". 이 시를 쓴(1977년 2월 13일) 종이 뒷장에는 곧 71세가 되는 베케트가 한 사람의 인생이 총 몇 시간 몇 분에 해당하는지 어림잡아 계산해본 후 영어로 초안을 시작한 흔적이 있다(성서가 기준으로 잡는 수명 70세 = 약 2만 6천 일 = 60만 시간 등, SBCP, 450면 참조). 리트레(Littré) 사전에 의하면 'milliasse'는 '1조'를 뜻하는 옛 어휘로, 경멸을 나타내는 접미사 '-asse' 때문에 아주 많은 수를 낮잡아 이르는 표현이다. 별도로, 이 단어는 옥수숫가루로 만든 둥근 빵인 밀리아스 혹은 미야스(mill[i]asse)도 함께 떠올리도록 한다. 다 세어보면(1행과 2행은 관용적으로는 '다 계산해 합치면', '결국'을 뜻하는 동일한 표현) 무수히 많으면서도 허름한 케이크 4분의 1 조각에 다름없는 인간의 시간. 롤러와 필링은 이 대목을 'a quarter million quarters of an hour'로 이해했다.

5행: "죽어 나간 시간"이라 옮긴 원문의 'les temps mortes'는 관용적으로는 '아무것도 하지 않고 흘려보내는 시간(lose time)'을 의미한다.

VII

1–2행: 원문의 어순은 "lueurs lisières / de la navette". 롤러와 필링은 일반적으로 '가장자리', 풀어지지 않도록 짠 '식서(飾緒)'를 뜻하는 단어 'lisière'에 '어린아이가 걸음마를 배울 때 옷깃에 달아주는 줄'의 옛 의미도 있음을 환기한다(SBCP, 452면 참조). 이 시에서 점멸을 반복하는 왕복선 양 가장자리의 두 줄기 불빛(초안에서는 이 대목이 "두 불빛 사이 왕복선[navette entre deux lueurs]"으로 구상되어 있다. 아울러 2연 2행의 '그 둘' 참조)의 이미지가 (기이하게도 자기 없이) 자기 집으로 돌아오는 이의 발걸음을 인도하는 등불과도 연결되기 때문이다. 더구나 'navette'에는 왕복선(배, 버스, 비행기 등의 셔틀) 외에 베틀의 '북'이라는 뜻도 있다. 이 뜻과 'lisière'가 모두 피륙 짜기, 실 잣기 등의 행위와 결부될 수 있다는 점을 고려하면, 샤를 쥘리에(Charles Juliet)와 나눈 대화에서(1977년 11월 11일, SBCP, 453면 참조) 베케트가 이 시를 언급하며 동시에 하이네의 만년 시들을 읽은 얘기를 꺼낸 이유를 짚을 수 있다. 그가 예시한 하이네의 시 한 편은 「세 여자가 교차로에 앉아 있네(Es sitzen am Kreuzweg drei Frauen)」(1854), 즉 운명의 세 여신을 묘사한 작품이기 때문이다. 그렇다면 이 시가 바라보는 '왕복'(북의 움직임)은 시간과 죽음에 대한 혹은 죽음의 시간에 대한 관조와 관계된다고 할 수 있다.

VIII

1977년 11월 『핸드 앤드 아이(Hand and Eye)』에 실렸으며, 단편 「죽은 상상력 상상해보라(Imagination morte imaginez)」와 비교해봄 직하다.

7행: "멈 춘 다 면". 원문에서는 "이것(ceci[스시])"과 "멈춘다면 (cessait[세새])" 간의 발음 대비에서 오는 청각적 효과가

두드러진다. 빠른 폐음이 반복되다 동사 어미의 개음에 이르러 별안간 말의 움직임이 풀리며 멎는 것이다. 번역에서는 이를 시각적 효과(띄어쓰기)로 대신하였다.

X–XII

1977년 위시(Ussy)의 자택에서 3월 7–9일 쓰인 이 시들에는 전 소크라테스기의 철학자이자 변화와 생성의 사유가인 헤라클레이토스의 독서가 반영되어 있다. 베케트는 헤라클레이토스를 읽고 "모든 것은 흐른다.", "만물은 있다고 할 수 없다. 그것들은 오직 생성(become)될 뿐이다." 등의 메모를 남겼다(SBCP, 454면 참조). XI번 작품의 초안들은 이 시가 헤라클레이토스와 데모크리토스의 대비를 매개로 발전되었음을 보여준다. 이 기원전 5세기의 두 철학자에 대해서 전해지는 바로는, 전자는 인간의 어리석음에 눈물을 흘렸고 후자는 웃었다는 것이다. XII번 시의 원문은 각각 1행과 2행(envie / en vie), 3행과 4행(regret / né)의 운을 살렸다(평운). 롤러와 필링에 의하면 이 시에서 떠올릴 만한 또 다른 이름은 네덜란드의 기회원인론자 아르놀트 휠링크스(Arnold Geulincx, 1624–69)이다. 베케트가 오랫동안 새긴 휠링크스의 가르침은 이런 것들이다. 모든 것 중 최선의 상태는 태어나지 않는 것이다, 그와 가장 유사한 상태는 가능한 한 빨리 죽음에 도달하는 것이다. 또는, 인간의 무력이나 무지와 연관해서, 네가 아무 권력(힘, power)도 없는 곳에서 너는 아무것도 원하지(will) 않을 것이다(ubi nihil vales ibi nihil velis). 나의 태어남에는 내 의지도, 동의도, 앎도 없었으며, 나는 바로 그러한 조건하에서, 내 의사에 반해서, 전에 없이 무지한 자로서 출발할 수밖에(즉 죽을 수밖에) 없다(SBCP, 456면 참조).

XIII, XIV

「마지막 승부(Endgame)」의 다음 구절들과 비교. "너는 밤을 달라고 울부짖었지, 하여 밤이 온다. 이제 어둠 속에서 울부짖어라(You cried for night; it falls: now

cry in darkness)."(함[Hamm]이 상기하는 보들레르의 시
「명상(Recueillement)」도입부) "지금이든 언제든, 아무것도
아닌 순간들, 시간은 결코 오지 않았고, 그런데 이미 지나갔네
(Moments for nothing, now as always, time was never and
time is over)." 장미셸 라바테(Jean-Michel Rabaté)는 베케트의
이 XIV번 시가 말라르메의 「한 번의 주사위 던지기는 결코 우연을
없애지 못하리라(Un coup de dés jamais n'abolira le hasard)」
중 "발생 외에는 아무것도 발생하지 않았으리니(Rien n'aura eu
lieu que le lieu)"를 다시 쓴 것으로 설명한다(『생각해라, 돼지야!
인간의 경계에서의 베케트[THINK, PIG! Beckett at the Limit of
the Human]』, 포덤 대학교 출판부[Fordham University Press],
2016, 161면 참조).

XV
마지막 행 원문은 "enfin jusqu'à présent". 매번 마지막인 한
발, 한 발의 테누토. 끝없는 침강 속에 힘겨운 인내로 지속되고
진전되는 베케트식의 현재진행, 혹은 현재로의 도달. 여기서의
'관행'이 역설적으로 드러내는 것은 그것의 최대한 의지적인 사용.

XVIII–XX
베케트는 1977년 모로코 북부 탕헤르의 성공회 소속
세인트앤드류(생탕드레) 묘지를 두 차례 방문하고 나서 시
XVIII(4, 5월)과 XIX(8월)를 썼다. 아서 키저와 캐럴라인 헤이
테일러, 두 망자의 묘비에 새겨진 추모문을 시에 옮겨왔는데, 그
와중에 짓궂은 유머를 잃지 않았다. 시의 내용대로 1932년 8월
아일랜드에서 사망했다. 시 XX번은 XVIII번을 쓰고 난 다음, 두
편의 텔레비전용 스크립트 「고스트 트리오」, 「오직 구름만이…」를
연출하기 위해 슈투트가르트를 방문한 길에 쓴 작품(6월). 시
XXI번, 그리고 영어로 쓴 또 다른 시 「어느 깊은 밤」역시 이
시기에 슈투트가르트에서 지은 것(SBCP, 458면 참조). 이 세
작품은 모두 운을 갖췄다.

XXII–XXIV

롤러와 필링에 의하면 시 XXII번은 「시편」 14편 중 "어리석은 자는 그의 마음에 이르기를 하나님이 없다 하는도다"에 대한 베케트식 주해다(SBCP, 459면 참조). 시 XXIII번은 철학자 마르쿠제의 80회 생일을 맞아 그에게 헌정된 작품. 독일 문학지 『악첸테(Akzente)』(1978년 6월)에 최초로 발표되었다. 교차운을 띤 XXIV번 시의 경우, 원문은 간단한데 번역하기가 쉽지 않다. "rêve / sans fin / ni trêve / à rien". 끝을 주지 않는, 아무것에도 (투쟁의) 중단을 주지 않는, 그러나 아무것도 아닌 빈 꿈. 4행은 1행에도, 3행에도 걸릴 수 있는 목적어.

XXVII

초안에는 '코메디(comédie)'라는 제목이 붙어 있었다. 추후 수정 과정 및 작가 자신의 설명을 고려할 때(1977년 8월 1일 자 바버라 브레이에게 보낸 편지, SBCP, 460면 참조) 이해 5월 초 시작한 『동반자(Company)』와 같은 궤에서 계속 생각을 다듬은 시.

XXVIII

만년의 베케트는 파리 대신 1953년에 지은 위시의 집에 주로 머무르며 집필했다. 마르쇼드롱(Mare-Chaudron)과 쿠르타블롱(Courtablon)은 위시에 위치하는 장소들. 롤러와 필링의 적절한 지적대로, 이 짧은 시는 젊은 날 베케트 자신이 번역한(1932년, 『디스 쿼터[This Quarter]』지를 위해) 랭보의 저 유명한 「취한 배[Le Bateau ivre]」 25연 100행짜리 여정을 그만의 네 줄에 옮긴 것으로 비치기도 한다. 「취한 배」는 유유한 강물로 시작해 대양의 격랑과 아찔한 심연의 비전 들을 노래하다, 슬픔에 찬 한 아이가 웅크려 연약한 배를 띄워 보내는 "차고 검은 웅덩이(la flache / Noire et froide)", 베케트의 영문 번역으로는 "The cold black puddle"로 봉착된다(24연).

XXX

1977년 12월 22일 '우언록'에 옮겼다가 26일 루비 콘에게 보낸

시. 『동반자』가 반쯤 진행된 무렵이라 롤러와 필링은 그가
아마도 방에 틀어박혀 창작에 골몰하다 풀려 나올 때의 기분을
표현했을 것이라 추측. 이어지는 XXX번 이후 시들은 1978년에
쓴 것들이다.

XXXII

3행 "요실금자(incontinent)". '참지 못하고' 미리 앞서
떠나버렸다는 뜻에서. 이 시의 앞선 버전을 보면 착상이 "그는
결코 보지 못하리라 / 영혼이 제게서 / 거두어질 / 밤이 끝나는
것을(ne verra-t-il jamais / finir la nuit / où l'âme lui / sera
réclamée)"에서부터 시작해 다듬어졌음을 확인할 수 있다(SBCP,
462면 참조).

XXXIII

베케트는 4월생(성금요일의 13일에 태어났다). "살아 죽은 나의
유일한 계절"로 시작되는 또 다른 시 참조. "어느 하루 길이의
추억", 말하자면 one day old.

XXXIV

원문에서 동사 네 개 모두 단순과거형을 취했다. 이 시는
「오하이오 즉흥곡」의 주제들 중 하나를 앞서 제시하고 있다.

XXXV

"검은 누이(noire sœur)"는 운명의 세 여신 중 아트로포스를
지칭한다. "턱도 이빨도 없이 이러고 있는데"로 시작되는 시의
20행, "동굴 속까지 하늘과 땅이"로 시작되는 시 10행 및 그 관련
설명들 참조. 베케트는 '우언록'에 세 여신의 특징과 상징물을
간략히 요약해놓았는데, 다음과 같다. 가장 젊은 클로토(Clotho)-
탄생-실패(distaff), 라케시스(Lachesis)-생의 길이-가락(spindle),
아트로포스(Atropos)-죽음-가위(scissors). 아트로포스의 항목
아래에 다시 "검은 옷, 플루톤의 신하, 그의 옥좌 발치에 앉아
있음, 실꾸리, 프로세르피나"라고 세부 사항을 기록했다(SBCP,

463면 참조). 1978년 미뉘 판본에서는 이 XXXV번이 마지막 '풀피리 노래들'이다.

XXXVI

XXXVII번과 함께 『미뉘』 33호(1979년 3월)에 처음 발표되었다. 이 난쟁이와 죽음의 침상은 「다시 끝내기 위하여」에서도 들것(아마도 상여)을 운반하는 두 난쟁이와 함께 등장하는 모티프. "마침내 끝없이 먼 곳으로부터 예상치 못하게 회색을 가르며 나타난 하얀 두 난쟁이들 (…) 하얗게 보이는 들것에 연결되어 회색 먼지 속을 한 걸음씩 힘겹게 움직인다"(『죽은-머리들/소멸자/다시 끝내기 위하여 그리고 다른 실패작들』, 임수현 옮김, 워크룸 프레스, 2016, 62면). 「다시 끝내기 위하여」의 초벌 원고를 쓰기 시작한 1972년 초 루비 콘에게 보낸 편지(1월 10일)에는 "난쟁이들로부터 'caput mortuum'을 추출해보려고 고투 중"이라 적혀 있다(SBCP, 465면 참조). 'caput mortuum'은 연금술에서는 증류 찌꺼기를 뜻하고, 라틴어대로 직역하면 '죽은 머리'를 의미.

XXXVII

"한바탕 몽상"이라 옮긴 원어는 "songes"(꿈, 몽상, 환영). 3행 "마지못해"의 원문은 "de chasse lasse(사냥에 지쳐)". 원래는 "de guerre lasse(직역하면 '전쟁에 지쳐', 관용적으로는 '마지못해')"라 쓰는 성구인데, 베케트가 "산토끼(bouquin)"에 맞춰 "사냥"으로 바꿨다. 3, 4행은 다소 수수께끼처럼 보일 수 있다. "뒷발 디디고 망보는 건 그만 잊기로"라 옮긴 원구절이 "d'oublier le chandelier(촛대를 잊다)"이기 때문이다. 그런데, 프랑스어에는 'faire le chandelier'라는 관용 표현이 있다. 토끼가 뒷다리로 서서 주위를 살피는 행동을 가리킨다. 이 시는, 베케트 자신이 힌트를 남겼듯, 라퐁텐의 우화 중 「토끼와 개구리 떼(Le Lièvre et les grenouilles)」에서 발상을 얻은 것이다(SBCP, 465면 참조). 이 우화에서 토끼는 제 굴(gîte) 속에서 혼자 몽상하며 스스로의 겁 많음을 한탄한다. 경계를 풀지 못하고 늘 두리번거리며 망보게끔

태어난 것을 슬퍼하던 이 우울한 동물은, 그러나 무심코 제가
내는 소리에 못의 개구리들이 놀라 숨는 것을 보고 저보다 더 겁
많은 동물이 있음을, 자신이 그토록 위력적인 존재임을, 요컨대
제아무리 겁이 많다 하더라도 늘 저보다 더 겁 많은 존재를
찾을 수 있게 마련이라는 점을 깨닫게 된다. 한편, "bouquin"이
'산토끼'의 동음이의어로 '책', '고서(古書)'를 뜻하기도 한다는 점에
주목하면, 이 시의 말장난은 한층 복잡해진다. 타는 초에 대한
경계를 잊을 때, 책은 제 (고의적인) 방심에 의해 기꺼이 불붙어
소진되기에 이르기 때문이다.

해설
열고 닫네
(이 노랑을, 돌의 무릎 위로 감도는 기도를)

　　"네 노래를 불러, 위니."
　　―「행복한 날들(Happy days)」

극작가 또는 소설가로 쌓은 생전의 명성에 비해 '시인' 베케트는
아마도 가장 생소하게 다가오는 베케트이리라. 누군가, 혼자 물을
것이다. 시도 썼었나.
　　딱 이쯤에서 꺼내기 좋은 얘기가 있다. 평자들이나
연구자들이 종종 짚는 대로, 베케트는 시로써 작가로서의
공식적인 첫발을 내디뎠고(「호로스코프」, 1930), 집필 언어를
영어에서 프랑스어로 전환할 때 그 가능성을 우선 시를 통해
타진해 보았으며(1938-9년 쓰고 1946년 『레 탕 모데른』지에
발표한 열두 편), 마지막 역시, 처음과 끝은 언제나 불가분의
짝패이기라도 하다는 듯 시로 마무리 지었다(「어떻게 말할까」,
1989). 그러면, 미처 앞을 알 수 없는 새로운 국면이 다가올 때
포기하지 않는 자, 포기할 수조차 없는 자가 처음 고르는 호흡의
이름이 시인 걸까. 선뜻 거두지 못하는 눈길과 오래 붙들리는 발목
사이로 돋아나는 "우울한 구멍(god-forsaken hole)" 어둑한 입이,
내 발치에 무슨 꽃이 피었는지 모르네,[1] 이런 유(類)의 희미함을
불러, 그것을 제 목줄처럼 걸어, 당겨, 웃기지만, 비로소 보이지
않는 길을 다시 따라나서게 되듯이. 기도하듯이. 모든 시는
기도라서.[2]

이럴 때 '시'는 하나의 장르라기보다 제 문학이 '제대로' 펼쳐질
수 있기를 염원하는 마음이 벌과처럼 치르는 번민으로 보인다.
그것이 연거푸 지르는 비명으로 들린다. 좋은 시를 어떻게
쓰는지 묻는 가운데,[3] 같은 이유에서 내 발아래 꽃이 어떤
꽃인지, 부디 모르게 되길 바라는 가운데 벌어지는 꽃, 이 탄복할

만한 균열(fleur-fêlure). 고독하게 닫힌 소우주 혹은 자발적인
은신처(asylum)에 고개를 묻은 채 내내 "껍질 벗긴 티크로
만든 흔들의자에 벌거벗고 앉아 있다"(『머피』) 느낄 따름인 저
세발가락나무늘보, 턱 괸 이무깃돌, 연옥의 벨라콰(지나 보낸
생의 꿈을 다시 시작해야 해 망연자실한 그는 단테에게 기도를
부탁한다.)는, 그 무겁고 무감각한 웅크림의 외피 아래 실은
기도하는 시작의 자세를 품는다. 쓸 줄 모르며 쓰는 자의 원형적
자세라 부를 만한 무거운 소진이 거기, 시라 불리는 매번의 새
시작에 있다. 너무 늦게 혹은 너무 많이 뒤처져 쫓아가느라('long'
after)⁴ 고갈된 "마음의 비명"이 흉내를 포기하고 대신 되뇌는
누런 다짐, 탁색의 도움닫기와도 같이. 최후에 최소한의 것만을
남기려는 석출의 시학, 정교한 세공을 통해 마침내 제일 헐벗고
허름한 것을 얻어내는 역 연금술의 도정을 베케트의 시집은
집약적으로, 또 역력하게 보여준다. 그의 시 전경(全景)에서,
시라는 그의 문학적 도정의 원천적 전경(前景)에서, 탁색의 약속은
저의 색 없음을 통해 역설적으로 저만의 풍경을 만들어내고
벌과와 포상의 위치를 바꿔 가치들의 전환 또는 순환을
이끌어내니, 색의 없음이란 무엇보다도 자신이 되어가는 과정과
자신을 지워가는 과정을 더 이상 분간할 수 없는 지점, 분간할
필요 없는 지경을 일컬으리라. 마찬가지로, 기도라는 숨겨진
열쇠는 실패나 추락에 회심과 인내와 희원의 빛을 부여하며, 한층
깊이 내려가고 계속 헐벗기는 과정에 그래야 할 이유 아닌 이유,
원칙과 방법론으로서의 자격을 준다. 탁색의 기도를 올려라.
금언을 비틀라는 네 금언을 지켜. 해서 찬란한 낮에서 싹둑, 금빛
다발을 잘라내는 아트로포스의 가위 소리 흐릿한 회색 속으로,
비척비척, dimmed, doomed, 조도를 낮추며 내려갈 때, 부디 그
다이얼은 더없이 정밀하게 조절될 수 있기를. 카스칸도, 카스칸도.
조금씩 조금씩, 극도로 면밀하게, 점점 더 미약하게 될 수 있기를.
베케트 평생의 문업(文業)에서 확인되는 '각고'의 작업은 먼지와
메아리로 변해가는 님프의 신화에서 표제를 가져온 최초의 시집,
그 처음의 선택에 보이는 놀랍도록 엄격한 신실함이다.

그리고 그 기도에 주문을 하나 더 붙인다면. 회백색 엑스레이의
세계, 또는 죽은 머리(caput mortuum) 속에 감광되는 말의
앙상한 뼈들이 그저 혼자만의 내부에 침전되는 결석이 아니기를.
감히 만인에게 공통된 고통과 불행을 향하고 그 작은 일부가
되려는, 어떤 열려는 노력의 결정(結晶)이 바로 그것들이기를.
그렇게 할 필요와 방법을 십분 받아들이고 터득하는 데서
숨구멍과 터닝 포인트가 주어지리니, 이를테면 에코(Echo)의
심정으로부터 에코의 소리로 풀려날 것. 개인적 감정의 방출에
머무르지 말고 정동을 산출할 것. 원본성과 자기동일성에서
자유로운, 저 간곳없는 메아리의 미학으로 떠오를 것. 그렇지
않다면 대체 누가 네 무감각하고 게으른 웅크림의 외관으로부터
말의 깊은 의미에서 '내면을 거두는(recueillir)' 기도의 자세를
볼 수 있겠는가. 1934년, 윌프레드 비온이 자신의 환자에게
건넨 당부 또한 그런 요지의 것이었다. 당신 내부에서 당신
바깥으로 나오라. 제발 태어나보라는 말과 같다. 무언가가
안으로 오므라들며 왕성의 한가운데에서 낙과가 되어버리는
"자궁무덤(womb-tomb)", 이런 말의 올무에서. 훗날의 베케트는
다른 계기를 빌려 모어(母語)인 영어로는 자꾸 시를 쓰게 되기에
그것을 버리고 프랑스어를 채택하게 되었다고 말하게 된다(리처드
N. 코[Richard N. Coe], 『베케트[Beckett]』, 에든버러 / 런던,
올리버 앤드 보이드[Oliver & Boyd], 1964). 또 다른 자리에서는,
뭇사람이 던져온 같은 질문("왜 프랑스어로 쓰기로 했습니까?")에
대해, 영어 내지 모국어의 풍부함은 계속해서 수사와 기교에의
유혹을 느끼게 하는데 그 수사나 기교란 말들이 저희끼리 벌이는
자기만족적인, 나르키소스적인 반영에 불과하다, 반면 내게
필요한 것은 헐벗음과 약해짐의 언어이고 프랑스어는 그에
해당된다, 라고 부연하기도 했다.[5] 다시 말해, 자기로부터 나올 수
있는 지점에서 비로소 자기 말이 태어나는 그 이치로, 시를 버리는
자리에서 시가 온다. 이는 베케트의 시가 밟아가는 궤적 전체에서
발견되는 점이기도 하거니와, 그가 시 장르로 자리매김하지 않고
쓴 글들 전체에 언제나 묘하게 번져 있는 시적 분위기가 증명하는
특질이기도 하다.

60년 세월을 넘어서는 창작 기간을 감안하면 베케트가 쓴 시의 분량은 퍽 적고, 시인 자신은 제 작품들의 평가에 꽤 인색했다. 하비가 20대 시절 쓴 시들에 대해 묻자 "아무 할 말도 없으면서 쓰고는 싶어 안달 난 풋내기의 무가치한 작업"이라 자평하며 거기에 넘쳐나는 "자의식과 문학적, 예술적 현학의 전시"를 "으스댐(showing off)"이라는 한마디로 유감스러워했는가 하면,[6] 실은 그 풋내기 시절에도 이미 맥그리비에게 제가 쓴 시들은 그저 "임의적(facultatifs)"일 뿐인, 지나치게 잘 고르고 구성하는 바람에 실패한 시들이라고 고민을 토로했다(1932년 10월 18일 자 편지). 전문가들의 시각 또한 유다르지 않아서, 베케트의 작품군에서 상대적으로 가장 덜 연구된 장르인 시의 쓰임새는 대체로 그의 다른 창작물들을 보다 잘 이해하기 위한 보조 자료 정도에 맞춰진다. 베케트의 시들 중 순전히 그 자신의 영감과 독자적 발상으로부터 쓰이고 완성된 것은 거의 없고,[7] 시에서 사용된 모티프들이 희곡과 소설에 다시 변주, 발전되는 경우 또한, 그 역과 함께, 빈번하니만큼, 여타 장르 작품들과 그것들을 상호 대비하면 그의 창작의 방법론적 특질이 한결 효과적으로 포착되기 때문이겠다. 하지만, 하지만. 누가 굳이 그의 시를 그토록 메마르게 읽으려나. 평생을 불굴의 의지로 달리고, 멈추지 않고, 멈추고, 롱도처럼, 흔들의자처럼, 그처럼 낟알과 겨 사이를 오가는데, 그 차이를 결코 알 수 없다는 점에서 분별 앞에 나란한 이 둘 사이의 왕래가 비통 속 헐떡이는 한 줄기 웃음을 자아내는 통에,[8] 점점 더 짧고 작고 간소한 것으로 지워져서 점점 더 뚜렷해지는, 그럼으로써 최초의 주제를 궁극의 주제로 끌고 가는, 열리고 닫히는, 노랑은 회색인, 몇 시간의 독서로 답파할 수 있어 차라리 애달픈 이 단숨의 한 줌, 4월의 어느 성에 낀 하루에 불과할 시간의 노래를? 눈 감은 돌멩이의 기도를. 문턱 앞에서. 맺히고, 서리는데.

김예령

1. "I cannot see what flowers are at my feet", 「나이팅게일에 부치는 송가(Ode to a Nightingale)」중에서. 그는 키츠의 시들을, 이 시를, 이 구절을 좋아했다.

2. "all poetry is prayer." 1934년, 토머스 맥그리비의 시에 대한 서평 「휴머니즘에 입각한 정적주의(Humanistic Quietism)」(『소편[小片]들: 잡문들 그리고 연극적 단편 한 편[Disjecta: Miscellaneous Writings and a Dramatic Fragment]』, 그로브, 1984)의 첫머리.

3. 비평가 크리스토퍼 릭스(Christo-pher Ricks)에 따르면, 1930년대 초반의 막막한 베케트가 되고 싶었던 것은 우선 시인이었다. 그보다, 그는 좋은 시들을 쓰고 싶어 했다(『더 가디언[The Guardian]』지, 2002년 6월 1일 자 서평). 두 번째 말이 첫 번째보다 스물네댓 살 먹은 마음의 간절한 정황을 좀 더 정확하게 전달한다.

4. 예컨대, "Long after Chamfort". 만년의 베케트는 18세기 프랑스 문인 니콜라 샹포르의 몇몇 경구들을 대담하게 자기 식으로 번역하고, 그 제목에 통상적인 'after(-에 따른, -풍의)' 대신 'long after'를 써 여러 뉘앙스를 부여했다.

5. 로런스 하비, 『시인이자 비평가로서의 사뮈엘 베케트』, 프린스턴 대학교 출판부, 1970, 196면에서 요약.

6. 같은 책 273면에서 정리, 인용.

7. 예외는 「몰리(Moly)」(1931, 이후 지면에 발표될 때의 제목은 '자유의 굴레[Yoke of Liberty]'). 이 초기작을 베케트는 퍽 아꼈는데, 그 이유는, 제목을 단테에게서 차용한 점만 제외하면, 그 시의 이미지들이 전적으로 베케트 자신의 창작이었기 때문(하비, 312-4면 참조). 시의 내용은 다음과 같다.

몰리(자유의 굴레)

그녀 욕망의 입술은 회색
경미한 고의적 부상의
조짐을 드러내며
비단 고리처럼 벌어져 있네.
나른히 잡아먹네 그녀는
제 아름다움의 무덤 같은 웅크림에
자랑스레 찢겨 나가는
민감성 야생 괴물들을.
그러나 그녀는 죽을 테고
바짝 경계하는 내 슬픔 쪽으로
그토록 끈기 있게 내밀어졌던 그녀의
　　　　올가미는
그때 부서져 공중에 매달리리라
측은하기 그지없는 한 조각 초승달에.

8. "불가에 앉은 채, 두 눈을 감고서, 낟알과 겨를 갈라놓는데 (…) 낟알이라, 이런, 내가 그 말로 무얼 뜻하는지 모르겠다만."(『마지막 테이프[La Dernière bande]』, 미뉘, 1959, 14-5면)

작가 연보[*]

1906년 — 4월 13일 성금요일, 아일랜드 더블린 남쪽 마을 폭스록의 집
쿨드리나(Cooldrinagh)에서 신교도인 건축 측량사 윌리엄(William)과 그 아내
메이(May)의 둘째 아들 새뮤얼 바클레이 베킷(Samuel Barclay Beckett) 출생. 형
프랭크 에드워드(Frank Edward)와는 네 살 터울이었다.

1911-4년 — 더블린의 러퍼드스타운에서 독일인 얼스너(Elsner) 자매의 유치원에 다닌다.

1915년 — 얼스포트 학교에 입학해 프랑스어를 배운다.

1920-2년 — 포토라 왕립 학교에 다닌다. 수영, 크리켓, 테니스 등 운동에 재능을 보인다.

1923년 — 10월 1일, 더블린의 트리니티 대학교에 입학한다. 1927년 졸업할 때까지 아서
애스턴 루스(Arthur Aston Luce)에게서 버클리와 데카르트의 철학을, 토머스
러드모즈브라운(Thomas Rudmose-Brown)에게 프랑스 문학을, 비앙카
에스포지토(Bianca Esposito)에게 이탈리아문학을 배우며 단테에 심취하게 된다.
연극에 경도되어 더블린의 아베이극장과 런던의 퀸스 극장을 드나든다.

1926년 — 8-9월, 프랑스를 처음 방문해 투르의 루아르 계곡과 일대 성들을 자전거로
일주한다. 이해 말 트리니티 대학교에 강사 자격으로 와 있던 작가 알프레드

---

[*] 이 연보는 베케트 연구자이자 번역가인 에디트 푸르니에(Edith Fournier)가 정리한
연보(leseditionsdeminuit.fr/auteur-Beckett_Samuel-1377-1-1-0-1.html)와 런던
페이버 앤드 페이버의 베케트 선집에 실린 카산드라 넬슨(Cassandra Nelson)이
정리한 연보, C. J. 애커리(C. J. Ackerley)와 S. E. 곤타스키(S. E. Gontarski)가 함께
쓴 『사뮈엘 베케트 안내서(The Grove Companion to Samuel Beckett)』(뉴욕, 그로브,
1996), 마리클로드 위베르(Marie-Claude Hubert)가 엮은 『베케트 사전(Dictionnaire
Beckett)』(파리, 오노레 샹피옹[Honoré Champion], 2011), 제임스 놀슨(James
Knowlson)의 베케트 전기 『명성을 누리도록 저주받은 삶: 사뮈엘 베케트의 생애(Damned
to Fame: The Life of Samuel Beckett)』(뉴욕, 그로브, 1996), 『사뮈엘 베케트의 편지(The
Letters of Samuel Beckett)』 1-3권(케임브리지 대학교 출판부[Cambridge University
Press], 2009-14) 등을 참조해 작성되었다.
　　베케트 작품명과 관련해, 영어로 출간되었거나 공연되었을 경우 영어 제목을,
프랑스어였을 경우 프랑스어 제목을, 독일어였을 경우 독일어 제목을 병기했다. 각 작품명
번역은 되도록 통일하되 저자나 번역가가 의도적으로 다르게 옮겼다고 판단될 경우
한국어로도 다르게 옮겼다. — 편집자

페롱(Alfred Péron)을 알게 된다.

1927년 — 4-8월, 이탈리아의 피렌체와 베네치아를 여행하며 여러 미술관과 성당을 방문한다. 12월 8일, 문학사 학위를 취득한다(프랑스어·이탈리아어, 수석 졸업).

1928년 — 1-6월, 벨파스트의 캠벨 대학교에서 프랑스어와 영어를 가르친다. 11월 1일, 파리의 고등 사범학교 영어 강사로 부임한다(2년 계약). 여기서 다시 알프레드 페롱을, 그리고 자신의 전임자인 아일랜드 시인 토머스 맥그리비(Thomas MacGreevy)를 만나게 된다. 맥그리비는 파리에 머물던 아일랜드 작가이자 베케트에게 큰 영향을 미치게 되는 제임스 조이스(James Joyce)를 소개해주고, 또한 파리의 영어권 비평가와 출판업자들, 즉 문예지 『트랜지션(transition)』을 이끌던 마리아(Maria)와 유진 졸라스(Eugene Jolas), 파리의 영어 서점 셰익스피어 앤드 컴퍼니(Shakespeare and Company) 운영자 실비아 비치(Sylvia Beach) 등을 소개한다.

1929년 — 3월 23일, 전해 12월 조이스가 제안해 쓰게 된 베케트의 첫 비평문 「단테… 브루노. 비코··조이스(Dante...Bruno. Vico..Joyce)」를 완성한다. 이 비평문은 『'진행 중인 작품'을 진행시키기 위하여 그가 실행한 일에 대한 우리의 '과장된' 검토(Our Exagmination Round his Factification for Incamination of Work in Progress)』(파리, 셰익스피어 앤드 컴퍼니, 1929)의 첫 글로 실린다. 6월, 첫 비평문 「단테… 브루노. 비코··조이스」와 첫 단편 「승천(Assumption)」이 『트랜지션』에 실린다. 12월, 조이스가 훗날 『피네건의 경야(Finnegans Wake)』에 포함될, 『트랜지션』의 '진행 중인 작품' 섹션에 연재되던 글 「애나 리비아 플루라벨(Anna Livia Plurabelle)」의 프랑스어 번역 작업을 제안한다. 베케트는 알프레드 페롱과 함께 이 글을 옮기기 시작한다. 이해에 여섯 살 연상의 피아니스트이자 문학과 연극을 애호했던, 1961년 그와 결혼하게 되는 쉬잔 데슈보뒤메닐(Suzanne Dechevaux-Dumesnil)을 테니스 클럽에서 처음 만난다.

1930년 — 3월, 시 「훗날을 위해(For Future Reference)」가 『트랜지션』에 실린다. 7월, 첫 시집 『호로스코프(Whoroscope)』가 낸시 커나드(Nancy Cunard)가 이끄는 파리의 디 아워스 출판사(The Hours Press)에서 출간된다(책에 실린 동명의 장시는 출판사가 주최한 시문학상에 마감일인 6월 15일 응모해 다음 날 1등으로 선정된 것이었다). 맥그리비 등의 주선으로 마르셀 프루스트(Marcel Proust)에 관한 에세이 청탁을 받아들이고, 8월 25일 쓰기 시작해 9월 17일 런던의 출판사 채토 앤드 윈더스(Chatto and Windus)에 원고를 전달한다. 10월 1일, 트리니티 대학교 프랑스어 강사로 부임한다(2년 계약). 11월 중순, 트리니티 대학교의 현대 언어 연구회에서 장 뒤 샤(Jean du Chat)라는 이명으로 '집중주의(Le Concentrisme)'에 대한 글을 발표한다.

1931년 — 3월 5일, 채토 앤드 윈더스의 '돌핀 북스(Dolphin Books)' 시리즈에서 『프루스트(Proust)』가 출간된다. 5월 말, (첫 장편소설의 일부가 될) 「독일 코미디(German Comedy)」를 쓰기 시작한다. 9월에 시 「알바(Alba)」가 『더블린 매거진(Dublin Magazine)』에 실린다. 시 네 편이 『더 유러피언 캐러밴(The European Caravan)』에 게재된다. 12월 8일, 문학 석사 학위를 취득한다.

1932년 — 트리니티 대학교 강사직을 사임한다. 2월, 파리로 간다. 3월, 『트랜지션』에 공동 선언문 「시는 수직이다(Poetry is Vertical)」와 (첫 장편소설의 일부가 될) 단편 「앉아 있는 것과 조용히 하는 것(Sedendo et Quiescendo)」을 발표한다. 4월, 시 「텍스트(Text)」가 『더 뉴 리뷰(The New Review)』에 실린다. 7–8월, 런던을 방문해 몇몇 출판사에 첫 장편소설 『그저 그런 여인들에 대한 꿈(Dream of Fair to Middling Women)』(사후 출간)과 시들의 출간 가능성을 타진하지만 거절당하고, 8월 말 더블린으로 돌아간다. 12월, 단편 「단테와 바닷가재(Dante and the Lobster)」가 파리의 『디스 쿼터(This Quarter)』에 게재된다(이 단편은 1934년 첫 단편집의 첫 작품으로 실린다).

1933년 — 2월, 이듬해 출간될 흑인문학 선집 번역 완료. 강단에 다시 서지 않기로 결심한다. 6월 26일, 아버지 윌리엄이 심장마비로 사망한다. 9월, 첫 단편집에 실릴 작품 10편을 정리해 채토 앤드 윈더스에 보낸다.

1934년 — 1월, 런던으로 이사한다. 런던 태비스톡 클리닉의 윌프레드 루프레히트 비온(Wilfred Ruprecht Bion)에게 정신분석을 받기 시작한다. 2월 15일, 시 「집으로 가지, 올가(Home Olga)」가 『컨템포(Contempo)』에 실린다. 2월 16일, 낸시 커나드가 편집하고 베케트가 프랑스어 작품 19편을 영어로 번역한 『흑인문학: 낸시 커나드가 엮은 선집 1931-3(Negro: Anthology made by Nancy Cunard 1931-1933)』이 런던의 위샤트(Wishart & Co.)에서 출간된다. 5월 24일, 첫 단편집 『발길질보다 따끔함(More Pricks Than Kicks)』이 채토 앤드 윈더스에서 출간된다. 7월, 시 「금언(Gnome)」이 『더블린 매거진』에 실린다. 8월, 단편 「1천 번에 한 번(A Case in a Thousand)」이 『더 북맨(The Bookman)』에 실린다.

1935년 — 7월 말, 어머니와 함께 영국을 여행한다. 8월 20일, 장편소설 『머피(Murphy)』를 영어로 쓰기 시작한다. 10월, 태비스톡 인스티튜트에서 열린 융의 세 번째 강의에 윌프레드 비온과 함께 참석한다. 12월, 영어 시 13편이 수록된 시집 『에코의 뼈들 그리고 다른 침전물들(Echo's Bones and Other Precipitates)』이 파리의 유로파 출판사(Europa Press)에서 출간된다. 더블린으로 돌아간다.

1936년 — 6월, 『머피』 탈고. 9월 말 독일로 떠나 그곳에서 7개월간 머문다. 10월, 시 「카스칸도(Cascando)」가 『더블린 매거진』에 실린다.

1937년 — 4월, 더블린으로 돌아온다. 새뮤얼 존슨(Samuel Johnson)과 그 가족을 다룬 영어 희곡 「인간의 소망들(Human Wishes)」을 쓰기 시작한다. 10월 중순, 더블린을 떠나 파리에 정착해 우선 몽파르나스 근처 호텔에 머문다.

1938년 — 1월 6일, 몽파르나스에서 한 포주에게 이유 없이 칼로 가슴을 찔려 병원에 입원한다. 쉬잔 데슈보뒤메닐이 그를 방문하고, 이들은 곧 연인이 된다. 3월 7일, 『머피』가 런던의 라우틀리지 앤드 선스(Routledge and Sons)에서 장편소설로는 처음 출간된다. 4월 초, 프랑스어로 시를 쓰기 시작하고, 이달 중순부터 파리 15구의 파보리트 가 6번지 아파트에 살기 시작한다. 5월, 시 「판돈(Ooftish)」이 『트랜지션』에 실린다.

1939년 — 알프레드 페롱과 함께 『머피』를 프랑스어로 번역한다. 7-8월, 더블린에 잠시 돌아가 어머니를 만난다. 9월 3일, 영국과 프랑스가 독일과의 전쟁을 선언하자 이튿날 파리로 돌아온다.

1940년 — 6월, 프랑스가 독일에 함락되자 쉬잔과 함께 제임스 조이스의 가족이 머물고 있던 비시로 떠난다. 이어 툴루즈, 카오르, 아르카숑으로 이동한다. 아르카숑에서 뒤샹을 만나 체스를 두거나 『머피』를 번역하며 지낸다. 9월, 파리로 돌아온다. 페롱을 만나 다시 함께 『머피』를 프랑스어로 옮기는 한편, 이듬해 그가 속해 있던 레지스탕스 조직에 합류한다.

1941년 — 1월 13일, 제임스 조이스가 취리히에서 사망한다. 2월 11일, 소설 『와트(Watt)』를 영어로 쓰기 시작한다. 9월 1일, 레지스탕스 조직 글로리아 SMH에 가담해 각종 정보를 영어로 번역한다.

1942년 — 8월 16일, 페롱이 체포되자 게슈타포를 피해 쉬잔과 함께 떠난다. 9월 4일, 방브에 도착한다. 10월 6일, 프랑스 남부 보클뤼즈의 루시용에 도착한다. 『와트』를 계속 집필한다.

1944년 — 8월 25일, 파리 해방. 10월 12일, 파리로 돌아온다. 12월 28일, 『와트』를 완성.

1945년 — 1월, M. A. I. 갤러리와 마그 갤러리에서 각기 열린 네덜란드 화가 판 펠더(van Velde) 형제의 전시회를 계기로 비평 「판 펠더 형제의 회화 혹은 세계와 바지(La Peinture des van Velde ou Le Monde et le pantalon)」를 쓴다. 3월 30일, 무공훈장을 받는다. 4월 30일 혹은 5월 1일 페롱이 사망한다. 6월 9일, 시 「디에프 193?(Dieppe 193?)」[sic]이 『디 아이리시 타임스(The Irish Times)』에 실린다. 8-12월, 아일랜드 적십자사가 세운 노르망디의 생로 군인병원에서 창고관리인 겸 통역사로 자원해 일하며 글을 쓴다. 다시 파리로 돌아온다.

1946년 — 1월, 시 「생로(Saint-Lô)」가 『디 아이리시 타임스』에 실린다. 첫 프랑스어 단편 「계속(Suite)」(제목은 훗날 '끝[La Fin]'으로 바뀜)이 『레 탕 모데른(Les Temps modernes)』 7월 호에 실린다. 7-10월, 첫 프랑스어 장편소설 『메르시에와 카미에(Mercier et Camier)』를 쓴다. 10월, 전해에 쓴 판 펠더 형제 관련 비평이 『카이에 다르(Cahiers d'Art)』에 실린다. 11월, 전쟁 전에 쓴 열두 편의 시 「시 38-39(Poèmes 38-39)」가 『레 탕 모데른』에 실린다. 10월에 단편 「추방된 자(L'Expulsé)」를, 10월 28일부터 11월 12일까지 단편 「첫사랑(Premier amour)」을, 12월 23일부터 단편 「진정제(Le Calmant)」를 프랑스어로 쓴다.

1947년 — 1-2월, 첫 프랑스어 희곡 「엘레우테리아(Eleutheria)」를 쓴다(사후 출간). 4월, 『머피』의 첫 번째 프랑스어판이 파리의 보르다스(Bordas)에서 출간된다. 5월 2일부터 11월 1일까지 『몰로이(Molloy)』를 프랑스어로 쓴다. 11월 27일부터 이듬해 5월 30일까지 『말론 죽다(Malone meurt)』를 프랑스어로 쓴다.

1948년 — 예술비평가 조르주 뒤튀(Georges Duthuit)가 주선해주는 번역 작업에 힘쓴다. 3월 8-27일 뉴욕의 쿠츠 갤러리에서 열린 판 펠더 형제의 전시 초청장에 실릴 글을 쓴다. 5월, 판 펠더 형제에 대한 글 「장애의 화가들(Peintres de l'empêchement)」이 마그 갤러리에서 발행하던 미술 평론지 『데리에르 르 미르와르(Derrière le Miroir)』에 실린다. 6월, 「세 편의 시들(Three Poems)」이 『트랜지션』에 실린다. 10월 9일부터 이듬해 1월 29일까지 희곡 「고도를 기다리며(En attendant Godot)」를 프랑스어로 쓴다.

1949년 — 3월 29일, 위시쉬르마른의 한 농장에서 『이름 붙일 수 없는 자 (L'Innommable)』를 프랑스어로 쓰기 시작한다. 4월, 「세 편의 시들」이 『포이트리 아일랜드(Poetry Ireland)』에 실린다. 6월, 미술에 대해 뒤튀와 나눴던 대화 중 화가 피에르 탈코트(Pierre Tal-Coat), 앙드레 마송(André Masson), 브람 판 펠더(Bram van Velde)에 관한 내용을 「세 편의 대화(Three Dialogues)」로 정리하기 시작한다. 12월, 「세 편의 대화」가 『트랜지션』에 실린다.

1950년 — 1월, 유네스코의 의뢰로 『멕시코 시 선집(Anthology of Mexican Poetry)』 (옥타비오 파스[Octavio Paz] 엮음)을 번역하게 된다. 이달 『이름 붙일 수 없는 자』를 완성한다. 8월 25일, 어머니 메이 사망. 10월 중순, 프랑스 미뉘 출판사(Les Éditions de Minuit) 대표 제롬 랭동(Jérôme Lindon)이 쉬잔이 전한 『몰로이』의 원고를 읽고 이를 출간하기로 한다. 11월 중순, 미뉘와 『몰로이』, 『말론 죽다』, 『이름 붙일 수 없는 자』 등 세 편의 소설 출간 계약서를 교환한다. 12월 24일, 「아무것도 아닌 텍스트들(Textes pour rien)」 1편을 프랑스어로 쓴다.

1951년 — 3월 12일, 『몰로이』가 미뉘에서 출간된다. 11월, 『말론 죽다』가 미뉘에서 출간된다. 12월 20일, 「아무것도 아닌 텍스트들」을 총 13편으로 완성한다.

1952년 — 가을, 위시쉬르마른에 집을 짓기 시작한다. 베케트가 애호하는 집필 장소가 될
이 집은 이듬해 1월 완공된다. 10월 17일, 『고도를 기다리며』가 미뉘에서 출간된다.

1953년 — 1월 5일, 「고도를 기다리며」가 파리 몽파르나스 라스파유 가의 바빌론 극장에서
초연된다(로제 블랭[Roger Blin] 연출, 피에르 라투르[Pierre Latour], 루시앵
랭부르[Lucien Raimbourg], 장 마르탱[Jean Martin], 로제 블랭 출연). 5월 20일,
『이름 붙일 수 없는 자』가 미뉘에서 출간된다. 7월 말, 패트릭 바울즈(Patrick
Bowles)와 함께 『몰로이』를 영어로 옮기기 시작한다. 8월 31일, 『와트』 영어판이
파리의 올램피아 출판사(Olympia Press)에서 출간된다. 9월 8일, 「고도를
기다리며(Warten auf Godot)」가 베를린 슈로스파크 극장에서 공연된다. 9월
25일, 「고도를 기다리며」가 파리 바빌론 극장에서 다시 공연된다. 10월 말,
다니엘 마우로크(Daniel Mauroc)와 함께 『와트』를 프랑스어로 옮기기 시작한다.
11월 16일부터 12월 12일까지 바빌론 극장이 제작한 「고도를 기다리며」가 순회
공연된다(독일, 이탈리아, 프랑스). 한편 「고도를 기다리며」의 영어 판권 문의가
쇄도하자 베케트는 이를 직접 영어로 옮기기 시작한다.

1954년 — 1월, 미뉘의 『메르시에와 카미에』 출간 제안을 거절한다. 6월, 『머피』의 두 번째
프랑스어판이 미뉘에서 출간된다. 7월, 『말론 죽다』를 영어로 옮기기 시작한다.
8월 말, 「고도를 기다리며(Waiting for Godot)」 영어판이 뉴욕의 그로브
출판사(Grove Press)에서 출간된다. 9월 13일, 형 프랭크가 폐암으로 사망한다.
10월 15일, 『와트』가 아일랜드에서 발매 금지된다. 이해에 희곡 「마지막 승부(Fin
de Partie)」를 프랑스어로 쓰기 시작해 1956년에 완성하게 된다. 이해 또는
이듬해에 「포기한 작업으로부터(From an Abandoned Work)」를 영어로 쓴다.

1955년 — 3월, 『몰로이』 영어판이 파리의 올램피아에서 출간된다. 8월, 『몰로이』
영어판이 뉴욕의 그로브에서 출간된다. 8월 3일, 「고도를 기다리며」의 첫 영어
공연이 런던의 아츠 시어터 클럽에서 열린다(피터 홀[Peter Hall] 연출). 8월
18일, 『말론 죽다』 영어 번역을 마치고, 발레 댄서이자 안무가, 배우였던 친구
데릭 멘델(Deryk Mendel)을 위해 「무언극 I(Acte sans paroles I)」을 쓴다. 9월
12일, 「고도를 기다리며」가 런던의 크라이테리언 극장에서 공연된다. 10월 28일,
「고도를 기다리며」가 더블린의 파이크 극장에서 공연된다. 11월 15일, 「추방된
자」, 「진정제」, 「끝」 등 단편 세 편과 13편의 「아무것도 아닌 텍스트들」이 포함된
『단편들 그리고 아무것도 아닌 텍스트들(Nouvelles et textes pour rien)』이
미뉘에서 출간된다. 12월 8일, 런던에서 열린 「고도를 기다리며」 100회 기념
공연에 참석한다.

1956년 — 1월 3일, 「고도를 기다리며」가 미국 마이애미의 코코넛 그로브 극장에서
공연된다(앨런 슈나이더[Alan Schneider] 연출). 1월 13일, 『몰로이』가
아일랜드에서 발매 금지된다. 2월 10일, 『고도를 기다리며』가 런던의 페이버 앤드

페이버(Faber and Faber)에서 출간된다. 2월 27일, 『이름 붙일 수 없는 자』를 영어로 옮기기 시작한다. 4월 19일, 「고도를 기다리며」가 뉴욕의 존 골든 극장에서 공연된다(허버트 버고프[Herbert Berghof] 연출). 6월, 「포기한 작업으로부터」가 더블린 주간지 『트리니티 뉴스(Trinity News)』에 실린다. 6월 14일부터 9월 23일까지 「고도를 기다리며」가 파리의 에베르토 극장에서 공연된다. 7월, BBC의 요청으로 첫 라디오극 「넘어지는 모든 자들(All That Fall)」을 영어로 쓰기 시작해 9월 말 완성한다. 10월, 『말론 죽다(Malone Dies)』 영어판이 그로브에서 출간된다. 12월, 희곡 「으스름(The Gloaming)」(제목은 훗날 '연극용 초안 I[Rough for Theatre I]'로 바뀜)을 쓰기 시작한다.

1957년 ─ 1월 13일, 「넘어지는 모든 자들」이 BBC 3프로그램에서 처음 방송된다. 1월 말 또는 2월 초, 『마지막 승부 / 무언극(Fin de partie *suivi de* Acte sans paroles)』이 미뉘에서 출간된다. 3월 15일, 『머피』가 그로브에서 출간된다. 4월 3일, 「마지막 승부」가 런던의 로열코트극장에서 프랑스어로 공연되고(로제 블랭 연출, 장 마르탱 주연), 이달 26일 파리의 스튜디오 데 샹젤리제 무대에도 오른다. 베케트는 8월 중순까지 이 작품을 영어로 옮긴다. 8월 24일, 데릭 멘델을 위해 두 번째 『무언극 II(Acte sans paroles II)』를 완성한다. 8월 30일, 『넘어지는 모든 자들』이 페이버에서 출간된다. 로베르 팽제(Robert Pinget)가 베케트와 협업해 프랑스어로 옮긴 「넘어지는 모든 자들(Tous ceux qui tombent)」이 파리의 문학잡지 『레 레트르 누벨(Les Lettres nouvelles)』에 실린다. 「포기한 작업으로부터」가 이해 창간된 뉴욕 그로브 출판사의 문학잡지 『에버그린 리뷰(Evergreen Review)』 1권 3호에 실린다. 10월 말, 「넘어지는 모든 자들」이 미뉘에서 출간된다. 12월 14일, 「포기한 작업으로부터」가 BBC 3프로그램에서 방송된다(패트릭 머기[Patrick Magee] 낭독).

1958년 ─ 1월 28일, 「마지막 승부」의 영어 버전인 「마지막 승부(Endgame)」 공연이 뉴욕의 체리 레인 극장에서 초연된다(앨런 슈나이더 연출). 2월 23일, 『이름 붙일 수 없는 자』의 영어 번역 초안을 완성한다. 3월 6일, 「마지막 승부(Endspiel)」가 빈의 플라이슈마르크트 극장에서 공연된다(로제 블랭 연출). 3월 7일, 『말론 죽다』 영어판이 런던의 존 칼더(John Calder)에서 출간된다. 3월 17일, 희곡 「크래프의 마지막 테이프(Krapp's Last Tape)」를 영어로 완성한다. 4월 25일, 『마지막 승부 / 무언극 I(Endgame, followed by Act Without Words I)』 영어판이 페이버에서 출간된다. 이해에 『포기한 작업으로부터」도 페이버에서 출간된다. 7월, 희곡 「크래프의 마지막 테이프」가 『에버그린 리뷰』에 실린다. 8월, 훗날 「연극용 초안 II[Rough for Theatre II]」가 되는 글을 쓴다. 9월 29일, 『이름 붙일 수 없는 자(The Unnamable)』 영어판이 그로브에서 출간된다. 10월 28일, 「크래프의 마지막 테이프」가 런던의 로열코트극장에서 초연된다(도널드 맥위니[Donald McWhinnie] 연출, 패트릭 머기 주연). 11월 1일, 「아무것도 아닌 텍스트들」 중 1편을 영어로 옮긴다. 12월, 1950년 옮겼던 『멕시코 시 선집』이 미국 블루밍턴의 인디애나 대학교 출판부(Indiana University Press)에서 출간된다. 12월 17일, 훗날 『그게 어떤지(Comment c'est)』의 일부가 되는 「핌(Pim)」을 쓰기 시작한다.

1959년 — 3월, 베케트와 피에르 레리스(Pierre Leyris)가 함께 「크래프의 마지막 테이프」를 프랑스어로 옮긴 「마지막 테이프(La Dernière bande)」가 『레 레트르 누벨』에 실린다. 6월 24일, 라디오극 「타다 남은 불씨들(Embers)」이 BBC 3프로그램에서 방송된다. 7월 2일, 트리니티 대학교에서 명예박사 학위를 받는다. 『몰로이』, 『말론 죽다』, 『이름 붙일 수 없는 자』가 한 권으로 묶여 10월에 파리의 올랭피아에서 『3부작(A Trilogy)』으로, 11월에 뉴욕의 그로브에서 『세 편의 소설(Three Novels)』로 출간된다. 11월, 「타다 남은 불씨들」이 『에버그린 리뷰』에 실린다. 같은 달 짧은 글 「영상(L'Image)」이 영국 문예지 『엑스(X)』에 실리고, 이후 이 글은 『그게 어떤지』로 발전한다. 12월 18일, 『크래프의 마지막 테이프 그리고 타다 남은 불씨들(Krapp's Last Tape and Embers)』이 페이버에서 출간된다. 팽제가 「타다 남은 불씨들」을 프랑스어로 옮긴 「타고 남은 재들(Cendres)」이 『레 레트르 누벨』에 실린다. 이해에 독일 비스바덴의 리메스 출판사(Limes Verlag)에서 베케트의 『시집(Gedichte)』이 출간된다.

1960년 — 1월, 『마지막 테이프／타고 남은 재들(La Dernière bande *suivi de* Cendres)』이 미뉘에서 출간된다. 1월 14일, 「크래프의 마지막 테이프」가 뉴욕의 프로빙스타운 극장에서 공연된다(앨런 슈나이더 연출). 『그게 어떤지』 초고를 완성하고, 8월 초까지 퇴고한다. 3월 27일, 「마지막 테이프」가 파리의 레카미에 극장에서 공연된다(로제 블랭 연출, 르네자크 쇼파르[René-Jacques Chauffard] 주연). 3월 31일, 『세 편의 소설』이 존 칼더에서 출간된다. 4월 27일, 「고도를 기다리며」가 BBC 3프로그램에서 방송된다. 8월, 희곡 「행복한 날들(Happy Days)」을 영어로 쓰기 시작해 이듬해 1월 완성한다. 8월 23일, 로베르 팽제가 프랑스어로 쓴 라디오극 「크랭크(La Manivelle)」를 베케트가 영어로 번역한 「옛 노래(The Old Tune)」가 BBC 3프로그램에서 방송된다(바버라 브레이[Barbara Bray] 연출). 9월 말, 베케트의 번역 「옛 노래」가 함께 수록된 팽제의 『크랭크』가 미뉘에서 출간된다. 리처드 시버(Richard Seaver)와 함께 「추방된 자」를 영어로 옮긴다. 10월 말, 파리 14구 생자크 거리의 아파트로 이사한다. 이해에 『크래프의 마지막 테이프 그리고 다른 희곡들(Krapp's Last Tape, and Other Dramatic Pieces)』이 뉴욕 그로브에서 출간된다.

1961년 — 1월, 『그게 어떤지』가 미뉘에서 출간된다. 2월, 마르셀 미할로비치[Marcel Mihalovici]가 작곡한 가극 「크래프의 마지막 테이프」가 파리의 샤이요 극장과 독일의 빌레펠트에서 공연된다. 3월 25일, 영국 동남부 켄트의 포크스턴에서 쉬잔과 결혼한다. 파리로 돌아온 직후부터 6월 초까지 「행복한 날들」의 원고를 개작해 그로브에 송고한다. 4월 3일, 뉴욕의 WNTA TV에서 「고도를 기다리며」가 방송된다(앨런 슈나이더 연출). 5월 3일, 「고도를 기다리며」가 파리의 오데옹극장에서 공연된다. 5월 4일, 호르헤 루이스 보르헤스(Jorge Luis Borges)와 공동으로 국제 출판인상을 수상한다. 6월 26일, 「고도를 기다리며」가 BBC 텔레비전에서 방송된다(도널드 맥위니 연출). 7월 15일, 『그게 어떤지』를 영어로 옮기기 시작한다. 9월, 『행복한 날들』이 그로브에서 출간된다. 9월 17일, 「행복한 날들」이 뉴욕 체리 레인 극장에서 초연된다(앨런 슈나이더 연출). 11월 말, 라디오극 「말과 음악(Words and Music)」을 쓴다(존 베케트[John Beckett] 작곡). 12월, '음악과 목소리를 위한 라디오극' 「카스칸도(Cascando)」를 프랑스어로 처음 쓴다(마르셀 미할로비치 작곡). 『영어로 쓴 시(Poems in English)』가 칼더 앤드 보야스(Calder and Boyars, 출판사 존 칼더가 1963년부터 1975년까지 사용했던 이름)에서 출간된다.

1962년 — 1월, 단편 「추방된 자(The Expelled)」의 영어 버전이 『에버그린 리뷰』에 실린다. 5월, 희곡 「연극(Play)」을 영어로 쓰기 시작해 7월에 완성한다. 5월 22일, 「마지막 승부」가 BBC 3프로그램에서 방송된다(앨런 깁슨[Alan Gibson] 연출). 6월 15일, 『행복한 날들』이 페이버에서 출간된다. 11월 1일, 「행복한 날들」이 런던 로열코트극장에서 공연된다. 11월 13일, 「말과 음악」이 BBC 3프로그램에서 방송된다. 「말과 음악」이 『에버그린 리뷰』에 실린다.

1963년 — 1월 25일, 「넘어지는 모든 자들」이 프랑스 텔레비전에서 방송된다. 2월, 『오 행복한 날들(Oh les beaux jours)』 프랑스어판이 미뉘에서 출간된다. 3월 20일, 『영어로 쓴 시(Poems in English)』가 그로브에서 출간된다. 4월 5-13일, 시나리오 「필름(Film)」을 쓴다. 6월 14일, 독일 울름에서 「연극」의 독일어 버전인 「유희(Spiel)」가 공연되고, 베케트는 공연 제작을 돕는다(데릭 멘델 연출). 7월 4일, 「아무것도 아닌 텍스트들」 13편을 영어로 옮기기 시작한다. 9월 말, 「오 행복한 날들」이 베네치아 연극 페스티벌에서 공연되고(로제 블랭 연출, 마들렌 르노[Madeleine Renaud], 장루이 바로[Jean-Louis Barrault] 주연), 이어 10월 말 파리 오데옹극장 무대에 오른다. 10월 13일, 「카스칸도」가 프랑스 퀼튀르에서 방송된다(로제 블랭 연출, 장 마르탱 목소리 출연). 이해 독일 프랑크푸르트의 주어캄프 출판사(Suhrkamp Verlag)에서 베케트의 『극작품(Dramatische Dichtungen)』 1권(총 3권)이 출간된다(「고도를 기다리며」, 「마지막 승부」, 「무언극 I」, 「무언극 II」, 「카스칸도」 등 수록).

1964년 — 1월 4일, 「연극」이 뉴욕의 체리 레인 극장에서 공연된다(앨런 슈나이더 연출). 2월 17일, 「마지막 승부」 영어 공연이 파리의 샹젤리제 스튜디오에서 열린다(잭 맥고런[Jack MacGowran] 연출, 패트릭 머기 주연). 3월, 『연극 그리고 두 편의 라디오 단막극(Play and Two Short Pieces for Radio)』이 페이버에서 출간된다(「연극」, 「카스칸도」, 「말과 음악」 수록). 4월 7일, 「연극」이 런던의 국립극장 올드빅에서 공연된다. 4월 30일, 『그게 어떤지(How it is)』 영어판이 런던의 칼더 앤드 보야스에서 출간된다. 6월, 「연극」을 프랑스어로 옮긴 「코메디(Comédie)」가 『레 레트르 누벨』에 게재된다. 6월 11일, 「코메디」가 파리 루브르박물관의 마르상 관에서 초연된다(장마리 세로[Jean-Marie Serreau] 연출). 7월 9일, 로열셰익스피어극단이 제작한 「마지막 승부」가 런던의 알드위치 극장에서 공연된다. 7월 10일부터 8월 초까지 뉴욕에서 「필름」 제작을 돕는다(앨런 슈나이더 감독, 버스터 키턴[Buster Keaton] 주연). 8월 말, 훗날 「부정 출발들(Faux départs)」이 될 글을 쓰기 시작한다. 10월 6일, 「카스칸도」가 BBC 3프로그램에서 방송된다. 12월 30일, 「고도를 기다리며」가 런던의 로열코트극장에서 공연된다(앤서니 페이지[Anthony Page] 연출).

1965년 — 1월, 희곡 「왔다 갔다(Come and Go)」를 영어로 쓴다. 3월 21일, 「왔다 갔다」의 프랑스어 번역을 마친다. 4월 13일부터 5월 1일까지 첫 텔레비전용 스크립트 「어이 조(Eh Joe)」를 영어로 쓴다. 5월 6일, 『고도를 기다리며』 무삭제판이 페이버에서 출간된다. 7월 3일, 「어이 조」의 프랑스어 번역을 마친다. 7월 4-8일, 봄에 프랑스어로 쓴 단편 「죽은 상상력 상상해보라(Imagination morte imaginez)」를 영어로 옮긴다. 프랑스어로 쓴 「죽은 상상력 상상해보라」는 『레 레트르 누벨』에 게재되고 미뉘에서 출간된다. 영어로 번역된 「죽은 상상력 상상해보라(Imagination Dead Imagine)」는 런던의 『더 선데이 타임스(The Sunday Times)』에 실리고 칼더 앤드 보야스에서 출간된다. 8월 8-14일, 「말과 음악」을 프랑스어로 옮긴다. 9월 4일, 「필름」이 베네치아 국제영화제에서 상영되고, 젊은 비평가상을 수상한다. 이날 단편 「충분히(Assez)」를 프랑스어로 쓰기 시작한다. 10월 18일, 로베르 팽제의 「가설(L'Hypothèse)」이 파리 근대 미술관에서 공연된다(베케트와 피에르 샤베르[Pierre Chabert] 공동 연출). 11월, 「소멸자(Le Dépeupleur)」를 프랑스어로 쓰기 시작한다.

1966년 — 1월, 『코메디 및 기타 극작품(Comédie et Actes divers)』이 미뉘에서 출간된다(「코메디」, 「왔다 갔다[Va-et-vient]」, 「카스칸도」, 「말과 음악[Paroles et musique]」, 「어이 조[Dis Joe]」, 「무언극 II」 수록). 2월 28일, 「왔다 갔다」와 팽제의 「가설」(베케트 연출)이 파리 오데옹극장에서 공연된다. 4월 13일, 베케트의 60회 생일을 기념해 「어이 조(He Joe)」가 독일 국영방송 SDR(남부독일방송)에서 처음 방송된다(베케트 연출). 7월 4일, 「어이 조」가 BBC 2프로그램에서 방송된다. 7-8월, 「쿵(Bing)」을 프랑스어로 쓴다. 『충분히』, 『쿵』이 미뉘에서 출간된다. 11-12월 초, 「아무것도 아닌 텍스트들」을 영어로 옮긴다.

1967년 — 녹내장 진단을 받는다. 뤼도빅(Ludovic)과 아녜스 장비에(Agnès Janvier), 베케트가 함께 옮긴 『포기한 작업으로부터(D'un ouvrage abandonné)』가 미뉘에서 출간된다. 단편집 『죽은-머리들(Têtes-mortes)』이 미뉘에서 출간된다(「충분히」, 「죽은 상상력 상상해보라」, 「쿵」 수록). 6월, 『어이 조 그리고 다른 글들(Eh Joe and Other Writings)』이 페이버에서 출간된다. 7월, 『왔다 갔다』가 칼더 앤드 보야스에서 출간된다(「어이 조」, 「무언극 II[Act Without

Words II」, 「필름」 수록). 『카스칸도 그리고 다른 단막극들(Cascando and Other Short Dramatic Pieces)』이 그로브에서 출간된다(「카스칸도」, 「말과 음악」, 「어이 조」, 「연극」, 「왔다 갔다」, 「필름」 수록). 8월 중순부터 9월 말까지 베를린에 머물며 실러 극장 무대에 오를 「마지막 승부(Endspiel)」 연출을 준비하고, 9월 26일 공연한다. 11월, 베케트가 1945년부터 1966년까지 쓴 단편들을 묶은 『아니요의 칼(No's Knife)』이 칼더 앤드 보야스에서 출간된다. 12월, 『단편들 그리고 아무것도 아닌 텍스트들(Stories and Texts for Nothing)』이 그로브에서 출간된다. 이해에 토머스 맥그리비가 사망한다.

1968년 — 3월, 프랑스어로 쓴 시들을 묶은 『시집(Poèmes)』이 미뉘에서 출간된다. 5월, 폐에서 종기가 발견되어 술과 담배를 끊는 등 여름 내내 치유에 힘쓴다. 「소멸자」의 일부인 『출구(L'Issue)』가 파리의 조르주 비자(Georges Visat)에서 출간된다. 12월, 뤼도빅과 아네스 장비에, 베케트가 함께 옮긴 『와트』가 미뉘에서 출간된다. 이달 초부터 이듬해 3월 초까지 포르투갈에 머물며 휴식을 취한다. 이해에 희곡 「숨소리(Breath)」를 영어로 쓴다.

1969년 — 「없는(Sans)」을 프랑스어로 쓴다. 6월 16일, 뉴욕의 에덴 극장에서 「숨소리」가 공연된다. 8월 말, 10월 5일 실러 극장에서 직접 연출해 선보일 「크래프의 마지막 테이프(Das letzte Band)」 공연 준비차 베를린을 방문하고, 그곳에서 「없는」을 영어로 옮기기 시작한다. 10월, 영국 글래스고의 클로스 시어터 클럽에서 「숨소리」가 공연된다. 10월 초, 요양차 튀니지로 떠난다. 10월 23일, 노벨 문학상 수상. 미뉘 출판사 대표 제롬 랭동이 대신 시상식에 참여한다. 『없는』이 미뉘에서 출간된다.

1970년 — 3월 8일, 영국 옥스퍼드 극장에서 「숨소리」가 공연된다. 4월 29일, 파리의 레카미에 극장에서 「마지막 테이프」를 연출한다. 같은 달, 1946년 집필했으나 당시 베케트가 출간을 거부했던 장편 『메르시에와 카미에(Mercier et Camier)』와 단편 『첫사랑(Premier Amour)』이 미뉘에서 출간된다. 7월, 「없는」을 영어로 옮긴 『없어짐(Lessness)』이 칼더 앤드 보야스에서 출간된다. 9월, 『소멸자』가 미뉘에서 출간된다. 10월 중순 백내장으로 인해 왼쪽 눈 수술을 받는다.

1971년 — 2월 중순, 오른쪽 눈 수술을 받는다. 「숨소리(Souffle)」 프랑스어 버전이 『카이에 뒤 슈맹(Cariers du Chemin)』 4월 호에 실린다. 8-9월, 베를린을 방문해 9월 17일 「행복한 날들(Glückliche Tage)」을 실러 극장에서 연출한다. 10-11월, 요양차 몰타에 머문다.

1972년 — 2월, 모로코에 머문다. 3월 말, 무대에 '입'만 등장하는 모놀로그 「나는 아니야(Not I)」를 영어로 쓴다. 『소멸자』를 영어로 옮긴 『잃어버린 자들(The Lost Ones)』이 런던의 칼더 앤드 보야스와 뉴욕의 그로브에서 출간된다.

『잃어버린 자들』일부가 '북쪽(The North)'이라는 제목으로 런던의 이니사먼 출판사(Enitharmon Press)에서 출간된다. 단편집『죽은-머리들』증보판이 미뉘에서 출간된다(「없는」추가 수록). 「필름/숨소리(Film *suivi de* Souffle)」가 미뉘에서 출간되고, 이해 출간된『코메디 및 기타 극작품』증보판에 수록된다. 『숨소리 그리고 다른 단막극들(Breath and Other Shorts Plays)』이 페이버에서 출간된다. 11월 22일, 「나는 아니야」가 '사무엘 베케트 페스티벌'의 일환으로 뉴욕 링컨센터에서 공연된다(앨런 슈나이더 연출, 제시카 탠디[Jessica Tandy] 주연).

1973년 — 1월 16일, 「나는 아니야」가 런던 로열코트극장에서 공연된다(베케트와 앤서니 페이지 공동 연출, 빌리 화이트로[Billie Whitelaw] 주연). 같은 달『나는 아니야』가 페이버에서 출간된다. 2월, 『첫사랑』의 영어 번역을 마친다. 『나는 아니야』를 프랑스어로, 『메르시에와 카미에』를 영어로 옮기기 시작한다. 7월, 『첫사랑(First Love)』이 칼더 앤드 보야스에서 출간된다. 8월, 「이야기된 바(As the Story Was Told)」를 쓴다. 이 글은 이해 독일의 주어캄프에서 출간된 시인 귄터 아이히(Günter Eich) 기념 책자에 수록된다.

1974년 — 『첫사랑 그리고 다른 단편들(First Love and Other Shorts)』가 그로브에서 출간된다(「포기한 작업으로부터」, 「충분히[Enough]」, 「죽은 상상력 상상해보라」, 「땡[Ping]」, 「나는 아니야」, 「숨소리」수록). 『메르시에와 카미에(Mercier and Camier)』가 런던의 칼더 앤드 보야스와 뉴욕의 그로브에서 출간된다. 6월, 「나는 아니야」에 비견되는 실험적인 희곡 「그때는(That Time)」을 쓰기 시작해 이듬해 8월 완성한다.

1975년 — 3월 8일, 베를린 실러 극장에서 「고도를 기다리며」를 연출한다. 4월 8일, 파리 오르세 극장에서 「나는 아니야(Pas moi)」(마들렌 르노 주연)와 「마지막 테이프」를 연출한다. 희곡 「발소리(Footfalls)」를 영어로 쓰기 시작해 11월에 완성한다. 텔레비전용 스크립트 「고스트 트리오(Ghost Trio)」를 영어로 쓴다. 12월, 「다시 끝내기 위하여(Pour finir encore)」를 쓴다.

1976년 — 2월, 단편집『다시 끝내기 위하여 그리고 다른 실패작들(Pour finir encore et autres foirades)』이 미뉘에서 출간된다. 5월 말, 베케트의 일흔 번째 생일을 기념해 런던의 로열코트극장에서 「발소리」(베케트 연출, 빌리 화이트로 주연)와 「그때는」(도널드 맥위니 연출, 패트릭 머기 주연)이 공연된다. 『그때는』이 페이버에서 출간된다. 8월, 「죽은 상상력 상상해보라」를 쓰기 전해인 1964년에 영어로 쓴 글 「모든 이상한 것이 사라지고(All Strange Away)」가 에드워드 고리(Edward Gorey)의 에칭화와 함께 뉴욕의 고담 북 마트(Gotham Book Mart)에서 출간된다. 10월 1일, 「그때는(Damals)」과 「발소리(Tritte)」를 베를린 실러 극장에서 연출한다. 10-11월, 텔레비전용 스크립트 「오직 구름만이…(…but the clouds…)」를 영어로 쓴다. 12월, 『발소리』가 페이버에서 출간된다. 「고스트 트리오」를 처음 수록한 8편의 희곡집 『허접쓰레기들(Ends and Odds)』이 그로브에서 출간된다. 산문 모음 『실패작들(Foirades / Fizzles)』이 뉴욕의 페테르부르크 출판사(Petersburg Press)에서 프랑스어와 영어로 출간되고, 『다시 끝내기 위하여 그리고 다른 실패작들(For to End Yet Again and Other Fizzles)』이 런던의 존 칼더에서, 『실패작들(Fizzles)』이 뉴욕의 그로브에서 출간된다.

1977년 — 3월, 『동반자(Company)』를 영어로 쓰기 시작한다. 『영어와 프랑스어로 쓴 시 전집(Collected Poems in English and French)』이 런던의 칼더와 뉴욕의 그로브에서 출간된다. 4월 17일, 「나는 아니야」, 「고스트 트리오」, 「오직 구름만이…」가 '그늘(Shades)'이라는 타이틀 아래 영국 BBC 2 프로그램에서 방송된다(앤서니 페이지, 도널드 맥위니 연출). 10월, '죽음'에 대해 말하는 남자에 대한 작품을 써달라는 배우 데이비드 워릴로우(David Warrilow)의 요청으로 「독백극(A Piece of Monologue)」을 쓰기 시작한다. 11월 1일, 남부독일방송에서 제작된 「고스트 트리오(Geistertrio)」와 「오직 구름만이…(Nur noch Gewölk)」, 그리고 영국에서 방송되었던 빌리 화이트로 버전의 「나는 아니야」가 '그늘(Schatten)'이라는 타이틀 아래 RFA에서 방송된다(베케트 연출). 전해에 그로브에서 출간된 동명의 희곡집에 「오직 구름만이…」를 추가로 수록한 『허접쓰레기들』이 페이버에서 출간된다. 『발소리(Pas)』가 미뉘에서 출간된다.

1978년 — 『발소리 / 네 편의 밑그림(Pas suivi de Quatre esquisses)』이 미뉘에서 출간된다(「발소리」, 「연극용 초안 I & II(Fragment de théâtre I & II)」, 「라디오용 스케치(Pochade radiophonique)」, 「라디오용 밑그림(Esquisse radiophonique)」). 4월 11일, 「발소리」와 「나는 아니야」가 파리의 오르세 극장에서 공연된다(베케트 연출, 마들렌 르노 주연). 8월, 『시들 / 풀피리 노래들(Poèmes suivi de mirlitonnades)』이 미뉘에서 출간된다. 「그때는」을 프랑스어로 옮긴 『이번에는(Cette fois)』이 미뉘에서 출간된다. 10월 6일, 「유희」를 베를린 실러 극장에서 연출한다.

1979년 — 4월 말, 「독백극」을 완성한다. 6월, 런던의 로열코트극장에서 「행복한 날들」이 공연된다(베케트 연출). 9월, 『동반자』를 완성하고 프랑스어로 옮기기 시작한다. 『동반자』가 런던 칼더에서 출간된다. 10월 말, 『잘 못 보이고 잘 못 말해진(Mal vu mal dit)』을 쓰기 시작한다. 12월 14일, 「독백극」이 뉴욕의 라 마마 실험 극장 클럽에서 초연된다(데이비드 워릴로우 연출 및 주연).

1980년 — 『동반자(Compagnie)』가 파리 미뉘에서 출간된다. 5월, 런던의 리버사이드 스튜디오에서 샌 퀜틴 드라마 워크숍의 일환으로 창립자 릭 클러키(Rick Cluchey)와 함께 「마지막 승부」를 공동 연출한다. 이듬해 75번째 생일을 기념해 뉴욕 주 버펄로에서 열리는 심포지엄에서 선보일 「자장가(Rockaby)」를 쓰고(앨런 슈나이더 연출, 빌리 화이트로 주연), 역시 이듬해 미국 오하이오 주립 대학에서 열릴 베케트 심포지엄의 의뢰로 「오하이오 즉흥곡(Ohio Impromptu)」을 쓴다(앨런 슈나이더 연출).

1981년 — 1월 말, 『잘 못 보이고 잘 못 말해진』을 완성한다. 3월, 『잘 못 보이고 잘 못 말해진』이 미뉘에서 출간된다. 『자장가 그리고 다른 짧은 글들(Rockaby and Other Short Pieces)』이 그로브에서 출간된다(「오하이오 즉흥곡」, 「자장가」, 「독백극」 등 수록). 4월, 텔레비전용 스크립트 「쾌드(Quad)」를 영어로 쓴다. 7월, 종종 협업해온 화가 아비그도르 아리카(Avigdor Arikha)를 위해 짧은 글 「천장(Ceiling)」을 영어로 쓰기 시작한다(훗날 에디트 푸르니에[Edith Fournier]가 옮긴 프랑스어 제목은 'Plafond'). 8월, 『최악을 향하여(Worstward Ho)』를 영어로 쓰기 시작해 이듬해 3월 완성한다(에디트 푸르니에가 베케트와 미리 상의한 후 1991년 펴낸 프랑스어 번역본의 제목은 'Cap au pire'). 10월 8일, 독일 SDR에서 제작된 「쾌드」가 '정방형 I+II(Quadrat I+II)'라는 제목으로 RFA에서 방송된다(베케트 연출). 같은 달 『잘 못 보이고 잘 못 말해진(Ill Seen Ill Said)』이 그로브에서 출간된다. 베케트 탄생 75주년을 기념해 파리에서 '사뮈엘 베케트 페스티벌'이 개최된다.

1982년 — 체코 대통령이자 극작가였던 바츨라프 하벨(Václav Havel)에게 헌정하는 희곡 「대단원(Catastrophe)」을 쓴다. 7월 20일, 「대단원」이 아비뇽 페스티벌에서 초연된다. 『독백극/대단원(Solo suivi de Catastrophe)』과 『대단원 그리고 또 다른 소극들(Catastrophe et autres dramaticules)』, 『자장가/오하이오 즉흥곡(Berceuse suivi de Impromptu d'Ohio)』이 미뉘에서 출간된다. 『특별히 묶은 세 편의 희곡(Three Occasional Pieces)』이 페이버에서 출간된다(「독백극」, 「자장가」, 「오하이오 즉흥곡」 수록). 『잘 못 보이고 잘 못 말해진』이 칼더에서 출간된다. 마지막 텔레비전용 스크립트 「밤과 꿈(Nacht und Träume)」을 영어로 쓰고 독일 SDR에서 연출한다(이듬해 5월 19일 RFA에서 방송됨). 12월 16일, 「쾌드」가 영국 BBC 2프로그램에서 방송된다.

1983년 — 2-3월, 9월에 오스트리아 그라츠에서 열리는 슈타이리셔 헤르프스트 페스티벌의 요청으로 희곡 「무엇을 어디서」를 프랑스어로 쓰고('Quoi Où') 영어로 옮긴다('What Where'). 이 작품은 베케트가 집필한 마지막 희곡이 된다. 4월, 『최악을 향하여』가 칼더에서 출간된다. 9월, 베케트가 1929년부터 1967년까지 썼던 비평 및 공연되지 않은 극작품 「인간의 소망들」 등이 포함된 『소편(小片)들: 잡문들 그리고 연극적 단편 한 편(Disjecta: Miscellaneous Writings and a Dramatic Fragment)』(루비 콘[Ruby Cohn] 엮음)이 칼더에서 출간된다. 『오하이오 즉흥곡, 대단원, 무엇을 어디서(Ohio Impromptu, Catastrophe, What Where)』가 그로브에서 출간된다. 「독백극」, 「이번에는」이 파리 생드니의 제라르 필리프 극장에서 프랑스어로 공연된다(데이비드 워릴로우 주연). 「자장가」,

「오하이오 즉흥곡」, 「대단원」이 파리 롱푸앵 극장 무대에 오른다(피에르 샤베르 연출). 6월 15일, 「무엇을 어디서」, 「대단원」, 「오하이오 즉흥곡」이 뉴욕의 해럴드 클러먼 극장에서 공연된다(앨런 슈나이더 연출).

1984년 — 2월, 런던을 방문해 샌 퀜틴 드라마 워크숍에서 준비하는 「고도를 기다리며」를 감독한다(발터 아스무스[Waltet Asmus] 연출, 3월 13일 애들레이드 아츠 페스티벌에서 초연됨). 『대단원』이 칼더에서 출간된다. 『단막극 전집(Collected Shorter Plays)』이 런던의 페이버와 뉴욕의 그로브에서 출간되고, 『시 전집 1930-78(Collected Poems, 1930-1978)』이 런던의 칼더에서 출간된다. 8월, 에든버러 페스티벌에서 '베케트 시즌'이 열린다. 런던에서 오스트레일리아 순회공연을 위해 「고도를 기다리며」, 「마지막 승부」, 「크래프의 마지막 테이프」 연출을 감독한다.

1985년 — 마드리드와 예루살렘에서 베케트 페스티벌이 열린다. 6월, 「무엇을 어디서(Was Wo)」를 텔레비전 방송용으로 개작해 독일 SDR에서 연출한다(이듬해 4월 13일 방송됨). 「천장」이 실린 책 『아리카(Arikha)』가 파리의 에르만(Hermann)과 런던의 템스 앤드 허드슨(Thames and Hudson)에서 출간된다.

1986년 — 베케트 탄생 80주년을 기념해 4월에 파리에서, 8월에 스코틀랜드 스털링에서 사뮈엘 베케트 페스티벌이 열린다. 폐 질환이 시작된다.

1988년 — 마지막 글이 될 「떨림(Stirrings Still)」을 영어로 완성한다. 이 글은 뉴욕의 블루 문 북스(Blue Moon Books)와 런던의 칼더에서 출간된다. 『영상』이 미뉘에서, 『산문 전집 1945-80(Collected Shorter Prose, 1945-1980)』이 칼더에서 출간된다. 7월, 쉬잔과 함께 요양원 르 티에르탕에 들어간다. 그곳에서 프랑스 시 「어떻게 말할까(Comment dire)」와 영어 시 「무어라 말하나(What is the Word)」를 쓴다.

1989년 — 『동반자』, 『잘 못 보이고 잘 못 말해진』, 『최악을 향하여』가 수록된 『계속할 도리가 없는(Nohow On)』이 뉴욕의 리미티드 에디션스 클럽(Limited Editions Club)과 런던의 칼더에서 출간된다(그로브에서는 1995년 출간됨). 『떨림(Stirrings Still)』을 프랑스어로 옮긴 『떨림(Soubresauts)』과 1940년대에 판 펠더 형제에 대해 썼던 미술 비평 『세계와 바지(Le Monde et le pantalon)』가 미뉘에서 출간된다(「장애의 화가들[Peintres de l'empêchement]」은 1991년 증보판에 수록).
　　　7월 17일, 쉬잔 사망. 12월 22일, 베케트 사망. 파리의 몽파르나스 묘지에 함께 안장된다.

작품 연표

1946년

단편 「끝(La Fin)」(1955)

장편 『메르시에와 카미에(Mercier et Camier)』(1970)

단편 「추방된 자(L'Expulsé)」(1955)

단편 「첫사랑(Premier amour)」(1970)

단편 「진정제(Le Calmant)」(1955)

1947년

희곡 「엘레우테리아(Eleutheria)」(1995)

1947-8년

장편 『몰로이(Molloy)』(1951)

장편 『말론 죽다(Malone meurt)』(1951)

미술 비평 「장애의 화가들(Peintres de l'empêchement)」(1989)

1948-9년

희곡 「고도를 기다리며(En attendant Godot)」(1952)

1949년

미술 비평 「세 편의 대화(Three Dialogues)」(사후 출간)

1949-50년

장편 『이름 붙일 수 없는 자(L'Innommable)』(1953)

1950-1년

단편 모음 「아무것도 아닌 텍스트들(Textes pour rien)」(1955)

1953-4년

장편 『몰로이(Molloy)』(패트릭 바울즈와 공동 번역, 1955년 출간)

희곡 『고도를 기다리며(Waiting for Godot)』(1954)

1954-5년

장편 『말론 죽다(Malone Dies)』(1956)

1955(?)년

단편 「포기한 작업으로부터(From an Abandoned Work)」(1958)

1954-6년

희곡 「마지막 승부(Fin de Partie)」(1957)

희곡 「무언극 I(Acte sans paroles I)」(1957)

1956년

라디오극 「넘어지는 모든 자들(All That Fall)」(1957)

1956-7년

희곡 「으스름(The Gloaming)」
장편 『이름 붙일 수 없는 자(The Unnamable)』(1958)

1957년

희곡 「마지막 승부(Endgame)」(1958)

1958년

희곡 「크래프의 마지막 테이프(Krapp's Last Tape)」(1959)
단편 「아무것도 아닌 텍스트 I(Text for Nothing I)」
라디오극 「타다 남은 불씨들(Embers)」(1959)

1960-61년

희곡 「행복한 날들(Happy Days)」(1961)
단편 「추방된 자」(리처드 시버와 공동 번역, 1967년 출간)

1961년

라디오극 「말과 음악(Words and Music)」(1964)

1961-2년

장편 『그게 어떤지(How it is)』(1964)

1962-3년

희곡 「연극(Play)」(1964)
「연극용 초안 I & II(Rough for Theatre I & II)」(1976)
「라디오용 초안 I & II(Rough for Radio I & II)」(1976)

1963년

라디오극 「카스칸도(Cascando)」(1964)
시나리오 「필름(Film)」(1964년 제작, 1965년 상영, 1967년 출간)

1957년

라디오극 「넘어지는 모든 자들(Tous ceux qui tombent)」(로베르 팽제와 공동 번역, 1957년 출간)
「무언극 II(Acte sans paroles II)」(1966)

1958-9년

희곡 「마지막 테이프(La Dernière bande)」(피에르 레리스와 공동 번역, 1960년 출간)

1959-60년

장편 『그게 어떤지(Comment c'est)』(1961)

「연극용 초안 I & II(Fragment de théâtre I & II)」(1950년대 후반 집필, 1978년 출간)

1961년

라디오극 「카스칸도(Cascando)」(1963)
「라디오용 스케치(Pochade radiophonique)」(1978)
「라디오용 밑그림(Esquisse radiophonique)」(1978)

1962년

희곡 「오 행복한 날들(Oh les beaux jours)」(1963)

1963-4년

희곡 「코메디(Comédie)」(1966)

1963-6년
단편 모음 「아무것도 아닌 텍스트들 (Texts for Nothing)」(1967)

1964-5년
단편 「모든 이상한 것이 사라지고 (All Strange Away)」(1976)

1965년
희곡 「왔다 갔다(Come and Go)」(1)* (1967)
텔레비전용 스크립트 「어이 조(Eh Joe)」(1) (1967)
단편 「죽은 상상력 상상해보라 (Imagination Dead Imagine)」(2) (1974)

1965-6년
단편 「충분히(Enough)」(2) (1974)
단편 「땡(Ping)」(1974)

1965년
희곡 「왔다 갔다(Va-et-vient)」(2) (1966)
단편 「죽은 상상력 상상해보라 (Imagination morte imaginez)」(1) (1967)
텔레비전용 스크립트 「어이 조(Dis Joe)」(2) (1966)
라디오극 「말과 음악(Paroles et musique)」(1966)
단편 「충분히(Assez)」(1) (1966)

1965-6년
단편 「소멸자(Le Dépeupleur)」(1970)

1966년
단편 「쿵(Bing)」(1966)

1968년
희곡 「숨소리(Breath)」(1972)

1966-8년
장편 『와트(Watt)』(아네스 & 뤼도빅 장비에와 공동 번역, 1968년 출간)

1969년
단편 「없어짐(Lessness)」(2) (1970)

1969년
단편 「없는(Sans)」(1) (1969)
희곡 「숨소리(Souffle)」(1972)

단편 모음 「실패작들(Foirades)」(1960년대 집필, 1976년 출간)

1971-2년
단편 「잃어버린 자들(The Lost Ones)」(1972)

1971년
시나리오 「필름(Film)」(1972)

---

* 제목 옆의 숫자 (1), (2)는 집필 연도가 같은 작품들의 집필 순서를 표시한 것이다.

1972–3년

희곡「나는 아니야(Not I)」(1973)

단편「첫사랑(First Love)」(1973)

단편「정적(Still)」(1973)

단편「소리들(Sounds)」(1978)

단편「정적 3(Still 3)」(1978)

1973년

장편『메르시에와 카미에(Mercier and Camier)』(1974)

단편「이야기된 바(As the Story Was Told)」(1973)

1973–4년

단편 모음「실패작들(Fizzles)」(1976)

1974–5년

희곡「그때는(That Time)」(1976)

1975년

단편「다시 끝내기 위하여(For to End Yet Again)」(2) (1976)

희곡「발소리(Footfalls)」(1) (1976)

텔레비전용 스크립트「고스트 트리오(Ghost Trio)」(1976)

1976년

텔레비전용 스크립트「오직 구름만이…(…but the clouds…)」(1977)

단편「움직이지 않는(Immobile)」(1976)

1973년

희곡「나는 아니야(Pas moi)」(1975)

1974–5년

희곡「이번에는(Cette fois)」(1978)

1975년

단편「다시 끝내기 위하여(Pour finir encore)」(1) (1976)

희곡「발소리(Pas)」(2) (1978)

1976–8년

『풀피리 노래들(mirlitonnades)』(1978)

1977–9년

단편「동반자(Company)」(1979)

희곡「독백극(A Piece of Monologue)」(1981)

1979–80년

단편「잘 못 보이고 잘 못 말해진(Ill Seen Ill Said)」(1981)

희곡「자장가(Rockaby)」(1981)

희곡「오하이오 즉흥곡(Ohio Impromptu)」(1981)

1979년

단편「동반자(Compagnie)」(1980)

1979–82년

희곡「독백극(Solo)」(1982)

1981년
텔레비전용 스크립트 「콰드(Quad)」
(1982)
단편 「천장(Ceiling)」(1985)

1981-2년
단편 「최악을 향하여(Worstward Ho)」
(1983)
텔레비전용 스크립트 「밤과 꿈(Nacht und
Träume)」(1984)

1983년
희곡 「무엇을 어디서(What Where)」(2)
(1983)
희곡 「대단원(Catastrophe)」(1983)

1983-7년
단편 「떨림(Stirrings Still)」(1988)

1989년
시 「무어라 말하나(What is the Word)」

1981년
단편 「잘 못 보이고 잘 못 말해진(Mal vu
mal dit)」(1981)

1982년
희곡 「자장가(Berceuse)」(1982)
희곡 「오하이오 즉흥곡(Impromptu
d'Ohio)」(1982)
희곡 「대단원(Catastrophe)」(1982)

1983년
희곡 「무엇을 어디서(Quoi Où)」(1)(1983)

1988년
시 「어떻게 말할까(Comment dire)」
단편 「떨림(Soubresauts)」(1989)

사뮈엘 베케트 선집

소설
『발길질보다 따끔함』, 윤원화 옮김
『머피』, 이예원 옮김
『와트』, 박세형 옮김
『포기한 작업으로부터』, 윤원화 옮김
『말론 죽다』, 임수현 옮김
『이름 붙일 수 없는 자』, 전승화 옮김
『그게 어떤지／영상』, 전승화 옮김
『죽은-머리들／소멸자／다시 끝내기 위하여 그리고 다른 실패작들』, 임수현 옮김
『동반자／잘 못 보이고 잘 못 말해진／최악을 향하여／떨림』, 임수현 옮김

시
『에코의 뼈들 그리고 다른 침전물들／호로스코프 외 ／시들, 풀피리 노래들』,
　　김예령 옮김

평론
『프루스트』, 유예진 옮김
『세계와 바지／장애의 화가들』, 김예령 옮김

계속됩니다.

사뮈엘 베케트 선집

사뮈엘 베케트
에코의 뼈들 그리고 다른 침전물들
호로스코프 외
시들, 풀피리 노래들

김예령 옮김

초판 1쇄 발행. 2019년 4월 1일

발행. 워크룸 프레스
편집. 김뉘연
표지 사진. EH(김경태)
제작. 세걸음/상지사

ISBN 979-11-89356-16-3 04800
978-89-94207-65-0 (세트)
16,000원

워크룸 프레스
출판 등록. 2007년 2월 9일
(제300-2007-31호)
03043 서울시 종로구
자하문로16길 4, 2층
전화. 02-6013-3246
팩스. 02-725-3248
메일. workroom@wkrm.kr
workroompress.kr
workroom.kr

이 도서의 국립중앙도서관
출판예정도서목록(CIP)은 서지정보유통
지원시스템(seoji.nl.go.kr)과
국가자료공동목록시스템(nl.go.kr/
kolisnet)에서 이용하실 수 있습니다.
CIP제어번호: CIP2019009701

옮긴이. 김예령
서울대학교 불어불문학과 및 동 대학원을 졸업하고 파리 7대학에서 루이페르디낭 셀린 연구로 박사 학위를 받았다. 옮긴 책으로 장프랑수아 리오타르 등의 『숭고에 대하여 — 경계의 미학, 미학의 경계』, 안느실비 슈프렌거의 『아귀』, 레몽 라디게의 『육체의 악마』, 알베르 카뮈의 『이방인』, 장뤽 낭시의 『코르푸스 — 몸, 가장 멀리서 오는 지금 여기』, 나탈리 레제의 『사뮈엘 베케트의 말 없는 삶』, 루이페르디낭 셀린의 『제멜바이스 / Y 교수와의 인터뷰』, 사뮈엘 베케트의 『세계와 바지 / 장애의 화가들』, 모리스 블랑쇼의 『지극히 높은 자』 등이 있다. 강의와 번역을 병행하고 있다.